愛與寂寞的終極書寫

夏目漱石探索孤獨本質經典小說

門 もん

劉子倩 譯

Natsume Soseki

夏目漱石

一

宗助打從剛才就把坐墊搬到簷廊，在日照看似充足的地方輕鬆盤腿而坐，之後他把手裡的雜誌一扔，就地躺了下來。天氣晴朗得足以稱為秋高氣爽，因此往來行人的木屐聲，正因巷道安靜，聽來格外清脆響亮。他支肘托著頭從簷廊仰望上方，只見澄淨的天空一片蔚藍。和自己躺臥的簷廊這種狹仄相較之下，天空顯得異常遼闊。光是偶爾在星期天這樣悠哉地看著天空，就覺得大不相同啊，他一邊這麼想一邊皺眉，凝視閃亮的太陽看了半晌，最後實在太刺眼，只好轉身面向拉門。拉門內，妻子正在做針線活。

「喂，天氣真好。」他發話。

妻子只回了一聲：「是啊。」

宗助看起來也不像是特別想說話，就此陷入沉默。過了一會，這次是妻子主動開口：

「要不你去散步吧？」

但這時宗助只是漫不經心地嗯了一聲。

過了兩三分鐘，妻子把臉湊近拉門的玻璃，窺視躺在簷廊上的丈夫。丈夫不知是怎麼想的，曲起雙膝像隻大蝦似的蜷縮成一團。而且雙手交抱，烏黑的腦袋埋在雙臂之間，所以被手肘擋住看不見他的臉孔。

「在那種地方睡覺會感冒喔。」妻子提醒。妻子說話的口音似東京腔非東京腔，有種現代女學生共通的調子。

宗助自雙肘之間眨巴著大眼睛，

「我沒睡著，沒關係。」他小聲回答。

之後又恢復安靜。行經屋外的人力車發出兩三聲鈴聲後，遠處傳來雞鳴報時。宗助透過剛換上的嶄新棉織襯衫貪心地感受陽光自然沁入背部的溫暖，一邊不自覺傾聽門外的聲音，然後彷彿突然想起什麼，呼喚拉門後的妻子，

「阿米，近來的『近』是怎麼寫來著？」他問。妻子倒也沒有目瞪口呆，也沒有發出年輕女子特有的咯咯嬌笑，

「不就是近江的『近』嗎？」她回答。

「我就是想不起來那個近江的『近』。」

妻子把關著的拉門拉開一半，將長尺伸到室外，以長尺前端在簷廊寫出「近」這個字給宗助看，

「就是這樣寫。」說完，她把長尺前端留在寫字的地方，自顧自地專心眺望蔚藍無垠的天空半晌。宗助不看妻子的臉，

「果然如此啊。」他說，但是看起來不像在開玩笑，臉上也沒有笑容。妻子對「近」字似乎也毫不在意，

「真是好天氣呢。」她半是自言自語地說著，任由拉門開著，又開始低頭縫衣服。這時宗助把雙肘之間的腦袋略微抬起，

「我總覺得文字很不可思議。」他頭一次注視妻子的臉。

「為什麼？」

「因為，就算再怎麼簡單的字，一旦開始懷疑不對勁就會變得不知怎麼寫。上次我也為了今天的『今』這個字猶豫了很久。在紙上寫出來後，看了老半天，總覺得哪裡有點不對。最後越看越不像是『今』。——妳沒有那種經驗嗎？」

「怎麼可能會有。」

「只有我這麼覺得嗎？」宗助伸手摸頭。

「我看你有點怪怪的。」

「或許還是神經衰弱的關係吧。」

「是啊。」妻子說著瞥向丈夫的臉。這時丈夫終於起身。

他大步跨越針線盒與滿地線頭，拉開起居室的拉門後就是客廳。南邊被玄關堵住，因此從陽光下倏然走進室內時，會覺得盡頭的拉門有點森森寒意。拉開那扇門後，直逼屋簷的陡峭山崖就聳立在簷廊邊，早晨本該曬到的陽光也無法輕易落下日影。崖上長滿雜草。從下方看上去整片山壁都沒有石頭堆砌，因此難保幾時會崩塌，但不可思議的是，至今似乎還沒有崩塌過，或也因此，房東索性就這麼長年擱置不管。不過據說原本這整片山壁都是竹林，開墾時沒有連根挖起而是任由竹根埋在土堤中，地基或許因此意外地牢靠——在本區住了二十年之久的蔬果店老闆，特地在廚房出入口如此解釋過。當時宗助反問，既然竹根還在，會不會哪天又長出竹子變成一片竹林？結果老闆說，別提了，一旦被開闢過，要再長成竹林可不是那麼容易的事，不過唯有山崖絕對沒問題。無論發生什麼事都不可能崩塌。總之老闆就像替自家的東西辯護似地極力說明之後才離開。

山崖在入秋後並未染上秋色。唯有青草的氣息褪去，參差不齊地長得亂七八糟。芒草或常春藤這種詩情畫意的東西更是完全看不到。倒是昔日留下的孟宗竹中途冒出了二棵，山崖更上方也有三棵挺立。此時竹子已有點泛黃，當陽光照射到枝幹時，只要從簷下探出頭，便會萌生一種站在土堤上眺望秋日暖陽的情懷。平常宗助早上出門上班要到下午四點過後才會歸來，因此這陣子晝短夜長，也難得有閒暇眺望崖上景色。他走出昏暗的廁所，一邊以洗手台的水洗手，驀然仰望簷外，這才想起竹子。只見枝幹頂端聚集細碎的葉子，看起來彷彿頂著光頭的青色頭皮。它沉醉於秋陽，沉重地向下垂首，悄然重疊的葉子文風不動。

宗助關上拉門回到客廳，在桌前坐下。說是客廳其實只是因為在此招待客人才如此命名，實際上還不如稱為書房或起居室更穩當。北邊有壁龕，掛了一幅奇怪的畫軸聊表意思，畫軸前面裝飾著紅褐色的拙劣花瓶。房門上方沒有任何匾額，只有二根黃銅掛勾閃閃發光。另外還有一個玻璃門的書櫃，但裡面沒有任何特別值得一提的好貨色。

宗助拉開綴有金屬裝飾的桌子抽屜頻頻翻撿，沒找到任何東西又猛然關上。然後他打開硯盒的蓋子，開始寫信。寫完之後將信封緘，稍作思考，

「喂，佐伯家的地址是中六番町的幾號？」他隔著拉門問妻子。

「不是二十五號嗎？」妻子回答，但是當宗助寫完收件人姓名時，她又補了一句：

「光靠寫信不行。你必須親自去跟人家好好談一談。」

「哎，就算光靠那個不行，也還是先寄封信再說吧。如果那樣不管用我再去。」他斷然表示，但妻子這次沒回話。

「喂，那樣可以吧？」他再次確認。

妻子似乎不便反對，也沒有再繼續與丈夫爭論。宗助拿著信從客廳立刻走出玄關。妻子傾聽丈夫的腳步聲，這才起身，從起居室的簷廊走到玄關。

「那我出去散步一下。」

「路上小心。」妻子微笑著回答。

過了三十分鐘，玄關的格子門喀拉喀拉開啟，阿米再次放下針線活，從簷廊走到玄關一看，本以為是宗助回來了，結果卻是戴著高等學校制服帽的小叔小六走進屋。他一邊解開只露出五、六寸褲腳的黑色毛呢長披風的扣子一邊說：

「熱死了。」

「是你自己太誇張了。這種大晴天還穿著那麼厚的披風出門。」

「這算什麼，等到天一黑應該就會很冷了。」小六半是辯解，跟在嫂子後面走進起居室，看到沒做完的針線，

「嫂子還是一樣這麼勤快。」他說著，接著在長火盆前盤腿而坐。嫂嫂把正在縫製的衣物推到角落，走到小六的對面，暫時放下懸掛在火上的水壺開始添加木炭。

「若要泡茶就免了。」小六說。

「不喜歡？」阿米以女學生的口吻確認後，

「那點心呢？」她說著朝他一笑。

「有嗎？」小六問。

「不，並沒有。」阿米老實回答，接著像想起什麼似地，「等一下，說不定有喔。」她說著站起來，順勢挪開一旁的炭簍子，打開底下的櫃子。小六望著阿米外套背後被腰帶頂起的那一塊。阿米不知在找什麼，好像費了半天工夫，

「那我看點心也不用了。對了，哥哥今天去哪兒了？」他問。

「你哥哥現在有點事出門了。」阿米背對著他回答，同時還繼續翻找櫃子裡的東西。最後她猛然關上櫃子門，

「找不到。不知幾時全被你哥吃光了。」說著，她又回到火盆的對面。

「那晚餐請我吃點好吃的吧。」

「沒問題。」看看壁鐘，已經快四點了。阿米數著時間：「四點，五點，六點。」小六默默注視嫂子。其實他對嫂子承諾的大餐並沒有太大興趣。

「嫂子，哥哥替我去佐伯家交涉過了嗎？」他問。

「他從之前就一直說要去要去。但是，你哥每日早出晚歸這你也知道吧？他回來都已經精疲力盡了，連去澡堂洗澡的力氣都沒有。所以，要這樣責怪他，我也於心不忍。」

「我知道哥哥肯定也很忙，但那件事不搞定我就不安心，也沒法子好好定下心念書。」小六說著，拿起黃銅火筷，在火盆的灰燼中頻頻寫字。阿米跟著注視那遊走的火筷尖端。

「所以剛才他已經寫信寄出去了。」她勸慰道。

「信上寫什麼？」

「那個我也沒看到。不過，肯定是要商量那件事。等你哥待會回來，你自己問他。一定是這樣。」

「如果寄了信，應該是為了那件事沒錯吧？」

「對，真的已經寄出去了。你哥剛剛就是拿著那封信出去的。」

小六不想再繼續聽嫂子那番似辯解又似安慰的話語。哥哥有那個閒工夫出門散步，不如自己親自跑一趟不是比寄信更好？這麼一想，小六的心裡就不太舒坦。他走進客廳，從書櫃取出紅色封面的洋文書，一頁一頁掀開閱讀。

二

還不知道此事的宗助，正來到街角，在同一家店買了郵票與「敷島」香菸後，立刻把信寄出，但是轉身沿著同一條路直接回家總覺得有點不甘心，於是他任由嘴上的香菸飄散的輕煙在秋陽中搖曳，就這麼四處閒逛之際，宗助忽然很想走得遠遠的，把「東京就是這種地方」的印象牢記在腦中，然後再把那個當成是星期天出門一趟的伴手禮帶回家睡覺。他不僅是終年呼吸東京空氣住在此地的男人，每天往返公家單位上下班也是搭乘電車，早已養成一天二次往返鬧區的習慣，但身體與腦袋一直很忙碌，因此總是心不在焉地走過，近來幾乎完全沒有自己活在這個熱鬧大城市的自覺。縱使平日忙碌不堪，他倒也不在意，唯獨碰上七天一次的休假日，有了心情放鬆的機會後，平日的生活就顯得倉皇又虛浮不實。畢竟自己住在東京，卻至今不曾見識過所謂的東京——做出這個結論後，宗助對此總是感到一種異樣的落寞。

這種時候他會像忽然想起什麼似地上街走走。如果手頭多少有點餘錢，也會考慮是否要一擲千金地冶遊一番。但他的落寞，尚未強烈到足以令他豁出去走上極端，因此在他做出那種莽撞的舉動之前，通常就已自覺那樣很可笑，於是自行作罷。不僅如此，一如這種人的常態，皮夾內雖有錢，但那點金額通常足以告誡自己別輕舉妄動，因此與其費神自找麻煩，還不如袖手漫步回家更輕鬆。所以宗助的落寞，頂多是在散步或瀏覽商店櫥窗時出現，在下個星期天來臨之前自然會被種種瑣事慰藉。

這天宗助也抱著不顧一切的衝動上了電車。沒想到雖是週末假日的好天氣，乘客卻比平時少，因此搭乘起來意外舒適。而且乘客神色平和，看起來人人都很從容自在。宗助一邊坐下，一邊回顧自己每天早上準時搭車搶位子，趕往丸之內方向上班的命運。再沒有比趕著上班的電車旅伴更煞風景的東西。無論是抓著吊環站著或坐在天鵝絨位子上，絕對不可能產生人性化的溫情。他也自認早已司空見慣，就當是跟機器還是什麼東西促膝並肩，只不過是同席抵達目的地便下車離去罷了。坐在前面的阿婆把嘴巴貼到年約八歲的孫女耳邊正在說話，一旁觀看的女人年紀約三十上下、看似商家老闆娘的她似乎覺得孩子很可愛，殷殷詢問孩子的年紀與名字，宗助望著那一幕，慢半拍地感到自己已來到另一個世界。

頭上掛著整面鑲嵌在框中的廣告。宗助平日連那個都沒注意過。當他漫不經心地瀏覽第一則廣告，這才發現那是標榜可以讓人搬家更輕鬆的搬家公司廣告。接著是「敬告精打細算者，注重衛生者，小心火燭者」，在這三行廣告詞之後寫著「請使用瓦斯爐」，還附帶瓦斯爐冒出火苗的插圖。第三則廣告是以紅底白字宣傳俄國大文豪托爾斯泰的傑作改編的《千古之雪》，並且注明是庶民喜劇，由小辰大型劇團演出。

宗助費了十分鐘，把所有的廣告仔細看了三遍。雖然並沒有特別想去觀賞或想買的東西，但僅只是有時間將這些廣告清晰映現在自己的腦海一一看完，而且還有精神上的餘裕悉數理解，已令宗助大為滿足了。他的生活竟連這點餘裕都會感到驕傲，可見除了星期天以外，平日的生活有多麼匆忙。

宗助在駿河台下這一站下了電車。一下車，右邊的玻璃窗內陳列得很美麗的洋文書便映入眼簾。宗助在那前面站了一會，望著或紅或藍或帶有花紋與圖案的封面上，鮮明印刷的金色字體。他當然看得懂封面的書名，但是卻完全沒有想拿起來翻閱內容的好奇心。經過書店門口時必然要進去逛逛，而且進去之後必然想買書的那種生活，照宗助說來，已是遙遠的往昔。唯有《*History of Gambling*》（博弈史）這本書裝訂得格外精緻，而且就放在櫥窗正中央，因此在他的腦海添加幾分唐突的新鮮罷了。

宗助微笑著匆匆穿過馬路，這次他探頭看的是鐘錶店。櫥窗內放了一些金錶或金鍊子，但這些同樣也只是有美麗的顏色與外型映入他的眼眸，還不至於勾起他購買的欲望。可他還是一一窺看用絲線掛著的價格牌子，並細細比較貨色好壞，然後為金錶實際的低廉價格大吃一驚。

他在傘店前也稍作逗留。在販賣西洋雜貨的店門口，他看到禮帽旁邊掛著的領結。比起自己每天用的領結，花色實在好看多了，因此他很想問問價錢，邁步朝店內走到一半，旋即念頭一轉，倏忽覺得從明天起替換領結這個想法很無聊，於是忽然不想打開錢包，就這樣過門不入。他在和服店前也站著看了半天。什麼鶉御召[1]啦、高貴織[2]啦、清凌織[3]等等，他學到許多之前壓根沒聽說過的名詞。在來自京都的「襟新」這家店鋪前，他把帽簷貼到玻璃窗上湊近，久久打量刺繡精巧的女用替換式衣領。其中正好有適合妻子的高雅貨色。他才剛動念想進去買下，隨即想起那是五、六年前才會做的事，好不容易想到的好主意立刻又自動打消。宗助苦笑著離開玻璃窗再次邁步，之後大約又走了五十公尺左右覺得很無聊，於是不再特別注意來往行人也不再注意店面。

驀然留意一看，轉角有家大型雜誌店，門口以大號字體宣傳新上市的書刊。在細長如梯子的框格內貼了紙張，或是在塗油漆的板子上畫圖著色。宗助一一瀏覽作者的姓名及書刊名稱，好像都曾在報紙廣告看過，也好似完全新奇。

在這間店的轉角陰影處，有個戴著黑色大禮帽、年約三十歲的男人輕鬆自在地盤腿坐在地上，一邊吆喝「快來喔，可以哄小孩子玩」，一邊吹出大氣球。氣球膨脹後自然形成不倒翁的模樣，潦草畫上了眼睛和嘴巴，令宗助為之嘖嘖稱奇。而且只要吹了氣，氣球就會一直保持膨脹的狀態。無論氣球放在指尖或手心皆可自由端坐，若是拿牙籤之類的細棍往屁股眼一戳，就會咻地收縮回去。

許多忙碌的行人走過，無人駐足一看。戴禮帽的男人冷淡地盤坐在熱鬧的街頭一隅，彷彿感覺不到周遭發生什麼事，只是吆喝著「快來喔，可以哄小孩子玩」，繼續吹他的不倒翁氣球。宗助掏出一錢五厘[4]買了一個氣球，讓男人咻地縮小後，把氣球塞進袖子暗袋。接著宗助想找個乾淨的理髮店剪頭髮，但是一時之間找不到哪裡有那種乾淨的店家，眼看天色已暗，只好又跳上電車回家。

當宗助來到電車終點站把車票交給司機時，天空的色彩已將失去光芒，潮濕的路面開始落下暗影。他準備下車，握住鐵柱時，忽然感到一陣寒意。一起下車的人已各自作鳥獸散，彷彿有急事似地匆忙走遠。看著城郊風景，從左右兩側的民宅屋簷到屋頂，隱約有白煙在大氣中飄動。宗助也朝樹木茂密的方向快步走去。今天這個週日假期，乃至悠閒的好天氣都已經結束了，這麼一想便有種似空虛似落寞的心情。想到自己從明天起又得照例賣命工作，忽然對今天這半天的生活依依不捨，另外那六天半的非精神性行動，更讓人感到無趣。走在路上，眼前浮現的盡是日照不

1 亦稱鶉縐綢，比起一般縐綢，表面的縐褶更大為其特徵。
2 織品的一種，八王子及米澤的特產。
3 亦稱清涼織。用於製作女用夏季腰帶。因觸感清涼而有此名。
4 一錢為百分之一圓，一厘為千分之一圓。

佳、缺乏窗戶的大辦公室的模樣，以及坐在旁邊上班的同事臉孔，還有上司喊著「野中你過來一下」的樣子。

經過「魚勝」這間魚店，在前方五、六戶外既非小巷也非橫街的地方轉彎，盡頭是高聳的山崖，左右各有四、五間同樣構造的出租房子並立。就在不久以前，稀疏的杉樹籬笆後面還有看似武士隱居的冷清家屋也混雜其間，但是自從崖上的坂井這個人買下這塊地方後，立刻拆掉茅草屋，剷除杉樹，改建成現在這樣的新房子。宗助家就在橫巷走到底最後方的左側，緊挨著山崖下，看起來多少有點陰森，不過離馬路也最遠，因此倒還有幾分幽靜，所以他與妻子商量後才會特地選擇那裡落腳。

宗助眼看每七天一次的週日假期也要天黑了，他想趕緊去洗澡，有空的話順便理個髮，然後再從容不迫地吃晚餐，於是急忙拉開玄關的格子門。廚房那邊傳來碗盤的聲音。當他要進屋時，沒發現小六隨便脫下的木屐，不小心一腳踩在上面。他彎身把木屐重新放好之際，小六出來了。阿米從廚房那邊問：

「是誰？你哥嗎？」

「嗨，小六你來啦。」宗助一邊說，一邊走進客廳。打從之前寄信後去神田散步，直到走下電車回家，這段期間宗助的腦中連小六的「小」字都不曾出現。當宗助回家看到小六的臉孔時，不禁感到自己好像做了什麼壞事有點尷尬。

「阿米，阿米。」他把妻子從廚房叫來，

「小六來了，妳弄點好吃的招待他。」他補充。妻子好像很忙，敞著廚房拉門走出來，站在客廳的入口，一聽到這明知故問的提醒，

「我正在做。」說完，她轉身想走，但旋即又回來，

「倒是小六，勞駕。幫我把客廳的門關上，順便點亮油燈。我和阿清現在都沒空。」她拜託道。小六簡單說聲「好」就站起來。

廚房響起阿清切菜的聲音。還有不知是熱水還是冷水嘩啦啦流進水槽的聲音。「太太這個要放到哪邊？」說話聲響起。「嫂子，剪燈芯的剪刀在哪裡？」這是小六的聲音。咻的一聲，好像是滾水沸騰溢到炭爐的火焰上了。

宗助在昏暗的室內默然伸手在小火盆上方烤火。唯有灰燼上的火焰帶有色彩看似赤紅。這時後面崖上的房東家女兒開始彈鋼琴了。宗助想起什麼似地霍然起身，

拉開客廳的遮雨板走到簷廊上。孟宗竹攪亂微黑的天幕，只見一兩顆星星發亮。鋼琴聲自孟宗竹後方傳來。

三

宗助與小六拎著毛巾從澡堂回來時，客廳中央已經擺好正方形餐桌，上面整齊放滿了阿米的拿手好菜。小火盆的火也比剛才離開時燃起更濃烈的火焰。油燈也很明亮。

宗助把桌前的坐墊拖過來，在上面輕鬆盤腿而坐時，阿米接過他的毛巾與香皂，「熱水澡洗得舒服嗎？」她問。宗助只回了一聲「嗯」，但與其說他態度冷漠，看起來毋寧是因為剛泡過澡，精神有點鬆弛。

「泡得相當舒服。」小六看著阿米附和。

「不過澡堂那麼擠，實在讓人受不了。」宗助在桌邊支肘倚靠，懶洋洋地說。宗助去澡堂，總是在下班回到家之後，所以往往正是晚餐前澡堂人最多的黃昏時分。這兩三個月以來，他始終沒機會看到猶可透出日光的洗澡水。若只是那樣也就算了，更糟的時候甚至連續三、四天都沒時間跨進澡堂的大門。他總是在想，到了星期天，一定要一大早起來立刻浸在乾淨的熱水中泡個過癮，但是真的到了週日，他又覺得或許只有今天可以難得地好好睡一覺，結果在床上磨蹭半天，時間已毫不客氣地流逝。算了太麻煩了，今天不去了，還是下個星期天再去吧——如此改變主意，幾乎已變成一種慣性。

「如果有機會，我只想在早上泡個澡。」宗助說。

「可是到了可以早上泡澡的日子，你肯定又會賴床。」妻子以調侃的語氣說。

小六暗自認定這就是哥哥天生的弱點。小六自己過著校園生活，完全無法領會哥哥的週日對哥哥而言有多麼寶貴。六天的負面精神作用，只能靠這一天回溫，哥哥把許多希望都寄託在這二十四小時內。所以想做的事情太多，十件事情當中恐怕連兩三件都做不到。不，就連那兩三件，一旦開始實行，反而會捨不得把時間花在那上面，於是又把手縮回來，就這麼動也不動地過完了星期天。宗助對自己的消遣與休閒娛樂或喜好都得這樣斤斤計較，所以他沒有替小六盡心奔走，並不是他不肯盡心，實在是沒那個多餘的心力——但站在小六的立場，說什麼都不相信。他認定哥哥只是個自私的男人，有空寧可四處閒逛、陪妻子廝混，對於自己不管怎麼拜託的事都不肯幫忙，說穿了是個薄情的人。

不過，小六會有這種想法，是最近的事，老實說，是與佐伯家開始交涉之後的事。正因年輕，對一切都很性急的小六，一心認定只要拜託哥哥出面，一兩天之內就能搞定，結果不僅始終沒有明確的回音，哥哥甚至不肯去拜訪對方，因此他滿腹牢騷。

不過今天苦等哥哥回來，真的見到面後，兄弟畢竟是兄弟，不用講什麼客套話，舉止之間自然流露出溫情，所以小六不由得把想說的話擱置，和哥哥一起去澡堂後，總算可以心平氣和地講出心裡話。

兄弟倆輕鬆自在地坐到餐桌前，阿米也不客氣地占據餐桌一隅。宗助和小六都喝了兩三杯酒。吃飯之前，宗助笑著說，

「嗯，差點忘了有趣的東西。」一邊從袖子取出買來的不倒翁氣球，吹氣之後給二人看。然後，他把不倒翁放在碗蓋上，講解它的特色。看著輕飄飄的氣球，阿

米和小六都覺得很有意思。最後小六呼地吹了一口氣，不倒翁從桌上落到榻榻米上。即便如此，依然沒有翻倒。

「看到了吧。」宗助說。

阿米仗著女人的身分笑出聲，打開飯鍋替丈夫盛飯，

「你哥哥還真有閒情逸致。」她對著小六的方向，半是替丈夫辯解似地說。宗助從妻子手中接過飯碗，沒有任何辯解便開始用餐。小六也正式拿起筷子。

不倒翁的話題就此結束，不過也因此，三人直到吃完飯為止一直在閒話家常。最後小六調整心情，他開口說：

「對了，伊藤先生[5]這次還真慘。」宗助在五、六天前，看到伊藤遭到暗殺的號外時，他跑到阿米正在做家事的廚房，「喂，不得了，伊藤先生被殺了。」說著，他把手裡的號外放到阿米的圍裙上，轉身鑽進書房，但就他的語氣而言，毋寧非常鎮定。

---

5 伊藤博文（1841-1909），明治時代的政治家。日本首屆內閣總理大臣。在哈爾濱車站被韓國獨立運動家安重根暗殺。

「你嘴上說不得了，可是聲音聽起來一點也沒有不得了的感覺。」阿米後來甚至半開玩笑地特地提醒他。日後的報紙上，雖然每天都刊出五、六段關於伊藤的報導，但宗助對暗殺事件看似不以為意，甚至讓人搞不清楚他究竟有沒有看那些新聞。當宗助晚上回到家，阿米忙著弄飯給他吃時，也會問他：「今天又有伊藤先生的新聞嗎？」那時他頂多只會回答：「嗯，很多新聞。」因此唯有事後阿米自己在丈夫的口袋裡翻出已經看過的早報打開看，她才會知道當天的報導。其實阿米純粹也只是替丈夫返家後的夫妻對話找題材，才會提起伊藤，所以宗助沒興趣的話題，她當然也不會非要沒話找話講。因此夫妻倆之間，在號外發行的當天過後，直到今晚小六提起此事之前，他們對於這個轟動社會的問題，一直沒有抱持特別的興趣。

「為什麼會被暗殺呢？」阿米把當初看到號外時詢問宗助的問題，又拿來問小六。

「是被人拿著手槍砰砰砰連續命中。」小六老實回答。

「可是，為什麼會被暗殺呢？」

小六露出不得其解的茫然神情。宗助以慢條斯理的語氣回答：

「終究是命中注定吧。」然後津津有味捧著茶杯喝茶。阿米似乎還是無法理解，

「那他為何要去什麼撈什子滿洲呢？」她問。

「就是啊。」宗助酒足飯飽似乎非常滿足。

「據說他去俄國是有祕密任務。」小六一本正經說。阿米聽了，

「這樣啊。不過真討厭，居然被殺了。」她說。

「像我這種小公務員，當然不想被殺，不過像伊藤先生這樣的人，在哈爾濱被暗殺倒是好事。」宗助第一次以得意的口吻說話。

「噢？為什麼？」

「因為伊藤先生被殺了，就可以成為歷史上的偉人。不信妳自己死掉看看，絕對無法這樣。」

「原來如此，或許吧。」小六似乎對這個見解有點嘆服，最後他說：

「總之那什麼滿洲、哈爾濱好像都是很亂的地方。我總覺得非常危險。」

「那當然，因為那裡什麼三教九流的人都有。」

這時阿米露出古怪的神色，看著如此回答的丈夫。宗助似乎也察覺到了，

「好了，可以撤下餐桌了吧。」他催促妻子，又把剛才的不倒翁從榻榻米撿起來，放在食指的指尖上，

「怎麼看都很奇妙。虧它能夠做得如此巧妙。」他說。

阿清從廚房出來，把吃得一片狼藉的碗盤連同餐桌一起收走後，阿米要重新泡茶，起身去了隔壁房間，只剩下兄弟倆面對面。

「啊，總算弄乾淨了。否則吃完之後弄得整桌髒兮兮。」宗助露出對餐桌毫無留戀的表情。另一頭傳來阿清在廚房一直笑個不停的笑聲。

「什麼事情那麼好笑，阿清？」阿米隔著拉門傳來發話的聲音。阿清應了一聲又繼續笑。兄弟倆都沒講話，半是認真地傾聽女傭的笑聲。

過了一會，阿米雙手端著點心盤與茶水盤又出來了。她拿著繪有藤蔓花色的大茶壺，把喝了不會胃疼和頭疼的粗茶倒進大茶杯，放到兩人的面前。

「阿清怎麼說？她幹嘛笑得那麼厲害？」丈夫問。但他沒看阿米的臉，反而把臉湊近點心盤檢視。

「還不是因為你買來那種玩具，而且興沖沖地放在指尖上把玩。咱們家又沒有

小孩子。」

宗助不以為意，隨口說聲「是嗎」，然後緩緩說道：

「以前好歹也曾有過小孩子呢。」彷彿在品味自己說的話似地如此補充後，他抬起溫吞的眼睛看妻子。阿米倏然陷入緘默。

「小六你怎麼不吃點心？」過了一會她扭頭朝小六發話。

「好，我吃。」

但她對小六這個答覆置若罔聞，逕自起身去起居室了。兄弟倆再次大眼瞪小眼。

由於房子位於從電車終點站還要徒步近二十分鐘的高台區深處，雖才剛入夜，四鄰已異常安靜。不時行經門外的矮木屐聲聽來格外響亮，夜晚的寒意漸增。宗助將雙手攏在袖子裡，

「白天很暖和，到了晚上就突然變冷了。你的宿舍已經開暖氣了嗎？」他問。

「不，還沒有。不到真的很冷的時候，學校是絕對不會開暖氣的。」

「這樣啊。那一定很冷吧？」

「對。不過區區寒冷我還不打算放在心上。」說著，小六有點吞吞吐吐，最後終於鼓起勇氣，

「哥，佐伯家那邊究竟怎麼樣？剛才我聽嫂子說，你今天去寄信了。」

「對，我寄信了。兩三天之內應該會有回音吧。到時候看是要我去拜訪還是怎樣都行。」

小六在心裡不厭其煩地一再審視兄長泰然自若的態度。然而宗助的樣子完全找不出蓄意刺激別人的尖銳，也沒有試圖庇護自己的卑鄙，因此小六沒有勇氣咄咄逼人。他只是單純地確認事實，

「那麼在今天之前你一直沒有處理？」

「嗯，不好意思，我一直沒處理。信也是今天才終於寫的。沒辦法。我最近神經衰弱。」宗助認真地說。小六聽了只能苦笑回答，

「如果實在不行，我打算輟學，索性趁現在去滿洲或朝鮮。」

「滿洲或朝鮮？你還真是破釜沉舟啊。我記得你剛剛不是還說滿洲很亂很討厭嗎？」

談話繞著這種問題扯來扯去終究不得要領。最後宗助說，

「唉，算了。就算不這麼操心，遲早總會有辦法。等對方一有回音我就立刻通知你。到時我們再商量。」就此替這場談話畫上句點。

小六臨走時朝起居室探頭一看，只見阿米倚著長火盆，什麼也沒做。

「嫂子，再見。」他喊道。「咦，你要走了嗎？」阿米說著終於起身。

四

小六煩惱的佐伯家，果真如預期在兩三天之後回信了，但是內容非常簡單，其實用一張明信片便可解決，卻非要鄭重裝進信封貼上三錢郵票。信是舅媽親筆寫的。

宗助下班回來，彆扭地脫下筒袖工作服，在火盆前面一坐下，立刻看到抽屜裡放著分明是故意露出一寸在外面的信封，於是宗助喝了一口阿米端來的粗茶，立刻拆信。

「咦，信上說小安去神戶了。」他邊看信邊說。

「什麼時候？」阿米保持把茶杯送到丈夫面前時的姿勢問。

「沒有寫什麼時候。不過信上說不久返京再致意，所以應該馬上就會回來吧。」

「不久？真不愧是舅媽。」

宗助對阿米的批評未置可否，把看完的信折好，隨手往旁邊一扔，神色詭異地上下撫摸只要四、五天沒刮就會長滿鬍渣的腮幫子。

阿米立刻撿起那封信，但她並不想看。她把信放在膝上，看著丈夫的臉，

「『不久返京再致意』是什麼意思？」她問。

「意思是說等安之助回到東京，與安之助商量之後再跟我們打招呼。」

「『不久』也太含糊不清了吧。連幾時回來都不寫。」

「算了。」

阿米為求保險起見，終於把膝上的信件打開看。然後又照原來的樣子折好，

「把那個信封袋給我。」她朝丈夫伸手。宗助拿起夾在自己與火盆之間的藍色信封交給妻子。阿米呼地吹口氣，把袋子吹鼓後將信紙裝進去，然後起身走向廚房。

宗助就此再也沒把心思放在信上。他想起今天在辦公室，同事說上次在新橋旁偶遇從英國來訪的吉青納元帥[6]。成為那種大人物後，不管去世界的何處，好像都會造成轟動，說不定實際上生來就是這種命運。若拿牽引著自己過往的命運，以及緊接著那段過去，今後想必會在自己眼前展開的未來與那位元帥的命運相比，差距之大簡直無法想像彼此同樣是人類。

宗助頻頻抽菸，一邊如此思索著。傍晚外面起風了，傳來彷彿是刻意自遠方襲來的聲音。聲音時斷時續，停止時一片死寂，比風聲呼嘯時更寂寞。宗助交抱雙臂，思忖差不多又到了火災警報頻繁響起的時節。

到廚房一看，妻子生起炭爐的火，正在烤魚片。阿清在水槽前彎著腰沖洗泡菜。二人都沒開口，埋頭做自己的工作。宗助拉開門後，聽了一會魚身滴下的油脂被火烤得滋滋作響的聲音，就這樣默默關上拉門回到原位。妻子連眼睛都沒離開過魚肉。

---

6 吉青納元帥（Horatio Herbert Kitchener，1850-1916），英國軍人，南亞戰爭總司令。明治四十二年曾到日本視察陸軍。

吃完飯，夫妻隔著火盆相向而坐時，阿米又提起：

「佐伯家那邊很傷腦筋耶。」

「沒辦法。除了等候小安從神戶回來，別無他法。」

「在那之前你是不是該先去找舅媽談一談？」

「是啊。不過那邊遲早總會有回音吧。在那之前就暫時拋開吧。」

「小六會生氣喔。別那樣。」阿米特地提醒後露出微笑。宗助垂眼，把手裡的小牙籤插到衣服前襟。

過了整整一天，宗助終於把佐伯家的回覆通知小六，而且照例不忘在信末加上一句遲早應該會有辦法云云。他感覺總算暫時卸下這個包袱了。他甚至擺出一臉「在自然的演變再次鬱悶地降臨之前，不如暫時遺忘比較沒有麻煩」的神色，每日照常去單位上班又下班回來。回到家時通常很晚了，不過幸好鮮少有回家後還得再出門的麻煩事，家裡也幾乎不曾有客人上門拜訪，沒事時甚至不到十點就打發阿清去睡覺。夫妻倆每晚都隔著火盆對坐，在晚餐後聊個一小時左右。談話主題多半與他們的生活狀態呼應。但是米店的帳這個月三十日是否付得清這種苦澀的柴米油鹽的話題，至今從未出現在他們的口中。不過，小說及文學批評那種話題自然不消說，也幾乎完全聽不到男女之間如陽光蒸騰般熱力四射的甜言蜜語。他們年紀明明還沒那麼老，卻好似已過了那個階段，一天比一天變得內斂。而且也像是打從一開始就色彩極淡的俗人，基於習慣性結為夫妻才搭伙湊到一起。

從表面看來，夫妻二人都沒有為事情執著煩心的跡象。即便就他們對小六的事情所採取的態度看來也可大致想像得到。阿米畢竟是女人，好歹還提醒過一兩次，「安先生還沒有回來嗎？這個星期天你也該去番町一趟了。」但宗助頂多只是回答：

「嗯，要去也行。」

到了「要去也行」的星期天，他又好像完全忘了這回事。阿米看他這樣，也沒有責備他。天氣好的話，她就說：

「你出去散散步吧。」如果颳風或下雨，她就會說：

「幸好今天是星期天。」

幸好之後小六一次也沒來過。這個青年頗有鑽牛角尖的神經質，一旦認定就會堅持到底的毛病，和學生時代的宗助非常相似；相對的，忽然改變心意後，就把昨天的事彷彿忘個精光似地徹底推翻，一臉若無其事。這點同樣不愧是親兄弟，因為昔日的宗助也正是如此。還有，頭腦也比較明晰，不知是在思路中注入感情，還是在感情中建立理性的框架，總之事情如果沒理出個道理就不肯罷休，而且一旦畫出條理，好像就非得發揮那個條理，變得很熱中。再加上體質讓他精力過剩，於是大部分的事就仗著血氣方剛任性而為。

宗助每次看到弟弟，總覺得看見昔日的自己復甦，正在自己的眼前活動。有時，他甚至會為之提心吊膽。當然有時也會感到苦澀。那種時候，他會在心中懷疑，老天爺該不會就是為了盡量一再喚起當時自己一意孤行的苦澀回憶，所以才故意讓小六杵在自己的眼前？然後他會變得非常害怕。想到這小子或許是為了陷入與自己相同的命運才來到人世，這次他非常耿耿於懷。有時不只是耿耿於懷，甚至感到很不愉快。

不過，到今天為止，宗助沒有對小六嘮叨過意見，也沒有針對小六的將來提出警告。他對待弟弟的方式很普通很平庸。他現在的生活沉鬱得不像是有那種過去的人，對待弟弟的樣子，也沒有輕易表現出那種閱歷豐富的年長者姿態。

宗助與小六之間，本來還有兩個兄弟，但是都早早夭折，因此二人雖說是兄弟，年紀卻差了十歲之多。而且宗助因為某些原因，一年級時就從東京轉學到京都，因此兄弟倆朝夕相處的時間，只到小六約十二、三歲時為止。宗助至今還記得那個倔強執拗又愛搗蛋的小六。當時父親還在世，家裡的經濟情況也不錯，還讓雇用的司機住在宅邸內的長屋，過著衣食無憂的生活。這個司機有個比小六年幼三歲的兒子小兼，一天到晚和小六玩在一起。某個盛夏，二個小傢伙把零食袋子綁在長竹竿前端，在高大的柿子樹下捕蟬，宗助看了說：「小兼你那樣光著腦袋曬太陽會得霍亂喔，快把這個戴上。」說著拿小六的舊帽子給他。這時，小六見哥哥擅自將自己的東西送給別人，當下大發雷霆，突然搶過小兼手裡的帽子，往地上一扔，然後跳到帽子上狠狠把草帽踩扁。宗助氣得從簷廊光腳跳下來抽打小六的腦袋。從那時起在宗助的眼中，小六就成了一個意外惹人厭的小鬼頭。

大學二年級時，宗助不得不被迫輟學，卻也回不了東京的家。因此他從京都直接去廣島，在那裡住了半年左右時，父親去世了。母親比父親早六年過世。所以後來家中只剩下二十五、六歲的小妾與十六歲的小六。

接到佐伯家的電報通知，宗助在睽違多時之後重回東京時，喪禮已經辦完，而且當他想收拾善後慢慢調查之下，這才發現家中的財產意外稀少，反而欠了大筆的債務令他大吃一驚。宗助與舅舅佐伯商量後，只好同意把房子脫手，也決定立刻給父親的小妾一筆錢讓她離開。小六則暫時交由舅舅家收養。但是最關鍵的房子不可能立刻賣掉。無奈之下，宗助只好先向舅舅借錢，暫時先打發債主。舅舅是企業家，涉足許多投資項目都失敗了，說穿了是個熱愛冒險與投機的男人。以前宗助還在東京時，舅舅也經常遊說宗助的父親，講得天花亂墜哄騙宗助的父親出錢投資。宗助的父親或許也有貪念，但他投資舅舅事業的金額絕對不是個小數目。

父親過世時，舅舅的經濟情況也和原先差不多，但好歹有生前的交情，而且以這種男人的個性，到了緊要關頭通常也比較會臨機應變，因此舅舅爽快地接下善後處理的差事。交換條件是，宗助把自家房子的出售事宜全權交給舅舅。說穿了就是作為借錢給他應急的報酬，他把土地房屋抵讓給舅舅。舅舅說：

「畢竟，這種物件如果找不到買家那我可就虧本了。」

家具類也很多，不值錢的悉數賣掉了，唯有五、六幅卷軸與十二、三件古董，舅舅說同樣必須耐心找到適合的買主否則會吃虧，宗助也同意舅舅的意見，因此決定交由舅舅保管。扣掉一切費用後手邊還剩下的現款約有二千圓，宗助察覺必須把其中一部分留作小六的學費。但是如果由自己按月匯款，在自己的經濟狀況尚未穩固的當時，恐將陷入難以實行的窘境，因此他很苦惱，最後痛下決心，拿出一半的錢交給舅舅，請舅舅幫忙照應小六的學費。雖然自己中途輟學，但至少還是想把弟弟培養成才，因此這一千圓花完後或許又要操心弟弟的前途，宗助只能抱著舅舅或許會再次幫忙的模糊冀望，又回廣島去了。

過了半年，他收到舅舅親筆寫的信，告知房子終於賣掉了讓他安心，但信上隻字未提賣了多少錢，他再次寫信追問，過了二星期收到的答覆是，金額足以補償舅舅之前代墊的款項因此無須擔心。宗助對這個答覆相當不滿，但舅舅在該封信中表示細節留待見面再說，因此他很想立刻前往東京，半是抱著商量的心情把種種實情告訴妻子後，阿米面露同情，

「可是，你去不了呀，那也沒辦法。」說著，她照例微笑。這時宗助就像第一

次聽到妻子如此宣告，當胸交抱雙臂想了一會，不管怎麼設法，自己的確都被束縛在無法脫身的位置與事情之下，因此只能打消念頭。

無可奈何下，雙方又書信往返了三、四次，結果每次都一樣，對方的答覆永遠只是說遲早當面詳談。

「這樣根本沒法子。」宗助面帶怒色看著阿米。好不容易籌出三個月的空檔，就在他正打算帶阿米前往久違的東京，居然感冒病倒了，之後又惡化為傷寒，在病床上躺了六十天，剩下三十天也衰弱得無法充分工作。

康復不久，宗助又得離開廣島去福岡。啟程之前，他盤算著既然有這好機會不如也去東京一趟，但這次同樣也受到種種事情制約，終究無法成行，只能把自己的命運寄託於南下列車的去向。之前東京的房子脫手時所拿到的錢，此時幾乎已悉數花光了。他的福岡生活前後約有二年，過得相當艱辛。他經常想起昔日以學生的身分待在京都時，每每以各種藉口向父親恣意要求高額的學費，任性地胡亂揮霍和現在的身分比較，他不免頻頻惶恐於因果報應的束縛。有時他回顧悄然逝去的春天，首度以清醒的眼光望著遠方的朦朧雲煙，遙想當年原來已是自己榮華富貴的頂點。到了生活真的困苦不堪時，「阿米，事情已擱置許久，我再問問東京那邊吧。」他提出。阿米當然不會違逆他，只是低著頭，不安地回答：

「沒用的。因為舅舅完全不可信任。」

「對方或許覺得我們不可信任，但對方在我們看來同樣不可信任。」宗助傲氣地說，但是看到阿米垂眼的模樣，似乎勇氣忽然受挫。這樣的對話起初每個月都會重複一兩遍，慢慢變成二個月一次，三個月一次，到最後，

「算了，只要對方肯替我照顧小六。剩下的事就等改天有機會去東京，見面之後再詳談。阿米，妳不覺得這樣做最好嗎？」他說。

「那樣當然好。」阿米回答。

宗助就此擱下佐伯的事不管了。宗助認為，即便是就自己的過去而言，對舅舅都沒資格單純地直接要錢。因此關於那方面的談判問題，打從一開始到現在他都沒有形諸筆墨。小六經常來信，不過通常內容簡短。宗助還記得父親死時，在東京見到的小六，因此他至今還是把小六想像成普通小孩子，自然不可能讓小六代替自己出面與舅舅談判。

夫妻倆彷彿世間見不得陽光的生物，不堪寒冷，只能相擁取暖，彼此依賴著對方過日子。困苦的時候，阿米總是對宗助說：

「這也是沒法子的事。」宗助會對阿米說：

「只能忍耐了。」

二人之間不斷有認命或忍耐這種東西在蠢動，似乎完全沒有前途或希望的影子出現。他們很少談及過去。有時甚至像是說好了似地迴避那個話題。阿米有時候會勸慰丈夫：

「遲早肯定會再有好事發生。不可能老是有接二連三的噩運。」於是，宗助感到那彷彿是擺布自己的命運之神，藉由真心真意的妻子之口，對自己毒舌挖苦。這種場合，宗助只能不發一語報以苦笑。阿米猶未發覺，還在繼續說，宗助終於忍無可忍地反駁：

「像我們這種人應該沒資格期待那種好事吧？」妻子這才察覺不對就此噤口不語。二人默默相對之際，不知不覺，二人已落入自己挖出的以過去為名的巨大暗窟。

他們是自作自受，毀掉了自己的未來。所以他們早已死心，知道在他們邁向的前方絕不可能會有錦繡前程，只是認命地攜手走下去。關於舅舅賣掉的土地家產，本來也沒有抱持更多的期待。偶爾宗助彷彿想到什麼，會說：

「不過，以最近的市場價格，哪怕是降價拋售，應該也比當時舅舅借給我的錢多一倍。實在太離譜了。」阿米落寞一笑，

「又想到土地了？你老是在想那件事。誰叫你當時自己對舅舅說萬事拜託。」她說。

「我也沒法子呀。那種場合，如果不那樣做根本解決不了。」宗助說。

「所以囉，舅舅那邊，說不定還自認為是花錢換來了房子與土地呢。」阿米說。

被妻子這麼一說，宗助也覺得舅舅的處置有其道理，嘴上雖然還在強辯：

「他有那種心態就是不對吧。」但這個問題已逐漸退至遙遠的背景最深處。

夫妻就這樣寂寞又恩愛地在福岡度過了二年，到了第二年的年底，宗助偶然遇到學生時代交情深厚的老同學杉原。杉原畢業後考取高級文官任用資格，當時已經在某個內閣部會任職，基於公務必須至福岡和佐賀出差，因此特地從東京過來。宗助透過本地報紙，很清楚杉原幾時抵達、下榻何處，但是回顧失敗的自己，他覺得

在成功者面前抬不起頭的對比過於可恥，況且自己對於在學當時的老友也有必須特別迴避的理由，因此壓根不打算造訪杉原的旅館。

可是杉原這廂，出於異樣的懸念，還是打聽到宗助躲在這裡，強烈要求兩人見一面，宗助只好勉強妥協。宗助後來之所以會從福岡遷居東京，正是拜這個杉原所賜。等到杉原寄信來，終於將一切事情都敲定時，宗助放下筷子說：

「阿米，我們終於可以去東京了。」

「那太好了。」阿米說著望向丈夫的臉孔。

剛抵達東京的那兩三個星期，日子過得令人頭暈眼花。有了新家、開始新工作的人往往會有的匆忙，以及籠罩二人的大都會空氣那種日夜激烈震盪的刺激驅使下，所有的事都無暇定下心來慢慢思考，也無法從容不迫地採取行動。

搭乘夜車抵達新橋車站時，見到久違的舅舅夫婦，或許是燈光的關係，夫妻倆的臉色在宗助看來很陰沉。途中發生意外事故，導致列車抵達時間少見地延誤了三十分鐘，夫妻倆卻表現地像是宗助的過失似地，露出一臉久候不耐的神色。

這時宗助聽到舅媽說的，竟是這麼一句：

「哎喲阿宗，一陣子沒看到你，怎麼老了這麼多。」

阿米這時才第一次被介紹給舅舅夫妻認識。

「這是那個……」舅媽遲疑地瞥向宗助。阿米不知該如何打招呼，只好默默鞠躬行禮。

小六當然與舅舅夫妻一起來接他們。宗助第一眼看到小六時，很驚訝弟弟不知幾時居然發育得比自己還高大了。當時小六已中學畢業，正要進入高等學校。看到宗助，他沒喊「哥哥」也沒說「歡迎回來」，只是笨拙地打招呼。

宗助與阿米住了一星期旅社，然後才住進現在的住所。那時舅舅夫妻也幫了不少忙。他們問宗助是否不介意用舊的，然後送了一整套小家庭必備的用品。宗助因此連瑣碎的廚房用品都不用買。舅舅甚至還說：

「你也剛成家，想必需要置辦不少東西。」給了宗助六十圓。

有了新家忙著各種事務之際，轉眼已過了半個多月，昔日住在外地時那麼在意的房子買賣問題，迄今還是沒有對舅舅開口。有一次，阿米問：

「那件事你對舅舅提過了？」宗助彷彿這才突然想起，

「嗯，還沒說。」他回答。

「真奇怪，之前你明明那麼耿耿於懷。」阿米露出淺笑。

「因為我根本沒時間提起那件事。」宗助辯解。

又過了十天。這次是宗助主動開口：

「阿米，那件事我還沒說。但我已經懶得開口了。」

「既然不想說就不用勉強了。」阿米回答。

「真的可以嗎？」宗助反問。

「幹嘛問我可不可以，這本來不就是你自己的事嗎？反正我今後怎樣都無所謂。」阿米回答。

這時宗助說：

「那好，刻意提起也很奇怪，改天有機會的話我再問。放心，遲早一定會有機會問的。」於是那件事又這麼繼續拖延下去。

小六不愁吃穿地在舅舅家生活。只要考取高等學校，據說就得搬進學校宿舍，因此關於那方面的問題好像早已與舅舅商量好了。或許是因為沒有從剛抵達東京的兄長那裡拿到學費補助，關於自己的升學問題，小六並未像與舅舅商量那樣來找宗助商談。另一方面，基於這些年住在舅舅家的相處，和表哥安之助的關係也非常親密。相較之下，兩人反而更像親兄弟。

宗助自然而然疏遠了舅舅一家。即便偶爾登門，也多半只是基於義務不得不去拜訪，因此回程總是覺得非常無趣。最後他甚至寒暄冷暖幾句後就想離開。這種時候，即便是坐個三十分鐘閒話家常消磨時間都很費力。對方似乎也有所戒備看起來很不自在。

「多坐一會有什麼關係。」舅媽照例慰留，但如此一來，反而讓他更待不住。不過，偶爾如果不去露個面，又會感到良心不安，所以還是得去。不時，還得主動低頭道謝說：

「謝謝你們照顧小六。」

但除此之外，關於弟弟將來的學費，還有委託舅舅在自己離開期間賣掉的土地與房子，宗助始終懶得開口。不過儘管宗助不情願去毫無興趣的舅舅家，偶爾還是得登門拜訪，這不只是為了配合社會大眾基於義務才維持舅甥的血緣關係，顯然是心裡一直想著有機會要解決的問題才會如此。

「阿宗好像變了很多。」舅媽曾對舅舅這麼說。結果舅舅回答，

「是啊。發生那種醜事，畢竟還是會留下長遠的後遺症。」舅舅似乎覺得因果報應很可怕。舅媽又說，

「真的很可怕。他本來可不是那種死氣沉沉的孩子——以前甚至活潑得有點過於急躁。結果才兩三年不見，已經蒼老得判若兩人。現在他看起來比你更像老頭子。」

「怎麼會。」舅舅又回答。

「不是，撇開腦袋和臉孔不談，我是說他的樣子嘛。」舅媽又辯解。

自從宗助來到東京，這種對話在老夫妻之間已經出現不只一兩次了。實際上當他來到舅舅家，言行舉止的確像老人看到的那麼消沉。

至於阿米，在抵達新橋時介紹給老夫妻後，她就再也沒有進過舅舅家的大門。在對方看來，她滿口喊著舅舅、舅媽的態度很周到，但是臨走時老夫妻對她說，

「怎麼樣，有空來我家玩玩吧？」她只是鞠躬說謝謝，始終沒有要去串門子的跡象。就連宗助都曾勸過她一次：

「妳何不去舅舅家走一走？」

「可是——」她的神色古怪，於是宗助從此絕口不提那件事。

兩家人在這種狀態下約莫過了一年。這時自許心境比宗助更年輕的舅舅突然過世了。死因是腦脊髓膜炎這種急症。原先只是看似罹患感冒躺了兩三天，結果上完廁所出來正要舀水洗手，拿著水杓就這麼倒下，不到一天功夫，已經斷了氣。

「阿米，舅舅終究沒講清楚就死掉了。」宗助說。

「你還打算問那件事啊？你也真固執。」阿米說。

之後又過了一年，舅舅的兒子安之助大學畢業，小六成了高等學校二年級學生。舅媽與安之助一同搬去了中六番町。

三年級的暑假，小六去房州[7]的海邊戲水。在那裡待了一個多月，眼看快到九月開學時間，於是從保田沿著上總海岸經過九十九里海濱來到銚子，到了那裡又像忽然想起什麼似地趕回東京。小六來到宗助家，是在歸來不過兩三天，仍有強烈暑

7 大約為現在千葉縣的南部。

熱的午後。小六曬得黝黑的臉上，只有雙眼發光，帶著南蠻風情的他好似換了個人，他逕自走進比較照不到太陽的客廳就立刻躺下，等待兄長歸來，一看到宗助的臉孔，他猛然坐起，

「哥哥，我有話要跟你說。」他開門見山地說，令宗助有點驚訝，連悶熱的西服都沒脫下就聽小六說話。

根據小六的說法，兩三天前他從上總歸來的當晚，舅媽就告訴他，他的學費資助到今年年底為止，很抱歉不能再繼續支付。小六在父親過世後立刻被舅舅收養，可以繼續上學，自然也不缺衣服穿，還能拿到適度的零用錢，因此就和父親在世時一樣，過著不愁吃穿的生活，直到那天晚上為止，他從來沒有想過學費的問題，因此當他聽到舅媽的宣告時，他說自己一片茫然甚至無法正常回話。

舅媽身為女人，很憐憫地費了一小時的時間詳細說明為何無法繼續照顧小六。據說那是和舅舅過世，以及隨之而來的家中經濟變化，還有安之助的畢業，畢業後面臨的結婚問題等等有關。

「如果可以，本來還打算至少供你念完高等學校，所以迄今一直費了不少功夫

張羅學費。」

小六聲稱舅媽就是這麼說的。當時小六忽然想起昔日哥哥在父親葬禮時來到東京，在他萬事安排妥當臨回廣島前，曾經告訴小六，他的學費已交給舅舅保管，於是第一次向舅媽問起，舅媽面露詫異，

「沒錯，那時候，阿宗的確是留了一點錢，但那點錢早就花光了。打從你舅舅還在世時，就是我們自己掏腰包替你墊付學費。」她回答。

由於小六之前從沒問過哥哥自己的學費一共有多少，預先交給舅舅的是幾年的學費，因此被舅媽這麼一說，他一句話都回不了。

「你也不是一個人，還有哥哥在，所以應該可以找他好好商量吧。當然我也會去見阿宗，跟他好好談一談。最近阿宗很少來我家，我也好久沒見到他了，所以一直沒機會跟他說你的事情。」據說舅媽最後還如此補充。

聽小六敘述經過時，宗助只是默默望著弟弟的臉，說了一句：

「傷腦筋。」

他並沒有像以前那樣動不動就勃然大怒，擺出立刻要去找舅媽談判的架勢，對

於弟弟之前一直把自己當成不用討好的人刻意保持冷漠態度，現在態度卻忽然轉向，宗助似乎也不以為忤。

眼看自己想像出的美好前程瀕臨瓦解，小六似乎認為都是別人的錯。宗助目送小六心慌意亂離去的背影，站在昏暗的玄關門檻上，對著格子門外照射的夕陽凝望良久。

那晚宗助從屋後剪下二片巨大的芭蕉葉，鋪在客廳的簷廊，與阿米並肩坐在上面乘涼，一邊聊起小六的事。

「舅媽該不會是想叫我們照顧小六吧？」阿米問。

「唉，沒有當面問清楚，誰知道她是什麼意圖。」宗助說。

「一定是這樣。」阿米一邊回答，一邊在黑暗中不停拍動扇子。宗助不發一語，伸長脖子眺望屋簷與山崖之間那條細窄天空的顏色。二人就此陷入緘默，過了一會，

「可是那樣太強人所難了。」阿米又說。

「要供一個人讀到大學畢業，以我的能力的確做不到。」宗助只平淡說明自己的能力有限。

對話就此轉向別的話題，沒有再回到小六或舅媽的身上。之後過了兩三天，正好星期六到了，宗助自單位下班後，順路去了番町的舅媽家。舅媽說：

「哎呀，真是稀客。」

舅媽比往常更親切地款待宗助。這時宗助強忍厭惡，第一次把這四、五年來累積的疑問向她提出。舅媽自然不可能不極力辯解。

根據舅媽的說法，當時賣掉宗助家的房子時，舅舅拿到的錢，明確的金額她不記得，但是扣除之前借給宗助應急的款項，應該還剩下四千五百圓或四千三百圓。但是按舅舅的意見，那棟房子是宗助抵給自己的，所以不管剩下多少錢，當成自己的所得應該沒問題。不過若說那是自己賣掉宗助的房子賺到的錢未免太難聽，因此這筆錢就以小六的名義保管，當作小六的財產。宗助做出那種醜事，差點遭到廢嫡[8]，所以一毛錢也沒資格拿到。

「阿宗你可別生氣喔。我只是轉述你舅舅的說法。」舅媽如此聲明。宗助默默

---

8 根據日本舊民法的規定，取消繼承人的家產繼承權。

聆聽下文。

本該以小六的名義代為保管的財產，很不幸地，在舅舅的手腕下立刻變成神田那條熱鬧大馬路邊的房子。然後，還來不及投保產險，房子就失火燒掉了。這件事打從一開始就沒有告訴小六，因此之後也一直沒有特地通知他。

「事情就是這樣，我對阿宗你也很同情，可是事情已經無法挽回了，所以誰也沒辦法。你就當作是命運安排看開一點吧。不過你舅舅如果還活著，或許還可以想想辦法。養活區區一個小六自然不成問題。就算現在你舅舅不在了，只要我們籌得出錢，還是可以把與燒掉的房子等價的錢還給小六，再不濟，好歹也可以供他讀到畢業為止，問題是……」說到這裡舅媽又告訴他一些其他的內幕。那是關於安之助的就業問題。

安之助是舅舅的獨生子，今年夏天剛從大學畢業。他在溫暖的家庭長大，除了同班同學之外沒有別的交際圈，因此對世間的事毋寧堪稱糊塗，他那種糊塗帶有一點驕傲的味道，就這樣進入現實社會。他學的是工科的機械學，雖然現在企業熱已退燒，但在日本全國數不清的公司當中，起碼還是有一兩家與他的所學相關，然而他似乎也遺傳了父親的投機與冒險精神，一心只想自己創業。就在這時，他遇到一位同樣自工科畢業的學長，目前在月島那邊建造小規模的專屬工廠獨立經營，因此與學長商量後，安之助打算自己也投入一些資本，和學長合夥做生意。舅媽所謂的內幕消息就是這個。

「所以，本來有點股票，但全都投入到那方面去了，現在真的等於一毛錢也沒有。也難怪在世人看來，會覺得我家的人口少，又有房子，似乎很寬裕。上次原家的太太來，還說沒有人像我過得這麼逍遙，說她每次上門都看到我在細心擦洗萬年青的葉片。其實根本不是她想的那樣。」舅媽說。

宗助傾聽舅媽的說明時，心神恍惚無法輕易做出回應。在他的心中，已自覺到這是神經衰弱的結果，想必正足以證明自己已失去昔日那種能夠當機立斷的清明頭腦。舅媽似乎很擔心宗助不肯相信自己講的這番話，最後連安之助投入的資本額都說出來了。金額高達五千圓。今後，安之助只能暫時靠微薄的月薪以及這五千圓股份配給的紅利過日子。

「就連那個紅利，還不確定拿不拿得到呢。順利的話，應該在一成到一成半之間。弄得不好，說不定會全部泡湯。」舅媽如此補充。

宗助從舅媽的態度並未發現特別明顯的惡意詐欺，因此心中極為困惑，可是如果對小六的將來沒有做出任何談判就這麼摸摸鼻子離開，他覺得未免太愚蠢。於是他姑且把迄今為止的問題先打住，轉而追究起自己當年交給舅舅充作小六學費的一千圓，舅媽回答：

「阿宗，那真的是小六自己花掉了。小六進入高等學校以後，前前後後算來就已花了七百圓。」

宗助順便趁此機會詢問當時一併委託舅舅保管的書畫及古董，結果舅媽說，

「說起那件事才荒唐呢。」說到一半，她看看宗助的樣子，

「阿宗，看樣子，那件事還沒跟你提過是吧？」她問。宗助回答的確沒有，

「哎喲，那肯定是你舅舅忘記了。」說著，她開始將事情經過一一道來。

宗助回到廣島不久，舅舅就委託認識的熟人真田出售那批東西。據說這個男人對書畫古董那方面很內行，所以平時有不少買賣那種古董的仲介經驗，經常出入各方。因此當時他立刻接下舅舅的委託，聲稱某某人打算購買某某東西，希望先參觀

一下，或者某某人想要這樣的東西，必須先給對方看一下，打著這種名義把東西拿走後，就再也沒有歸還。舅舅催促他，他卻推托各種藉口說對方還沒有送還，始終不肯給個明確交代，最後眼見再也無法搪塞，乾脆一走了之不見蹤影。

「不過，還剩下一座屏風。上次搬家時，我才注意到，小安當時還說這是你的東西，改天有空要送去給你呢。」

舅媽對於宗助委託保管的物品似乎完全沒有當成一回事看待，講話的態度也很隨便。而宗助會拖到今天才問，當然也是因為本來就對那些東西沒有太大興趣，所以即便看到舅媽毫無良心不安的樣子，倒也沒有生氣。可是，當舅媽說：

「阿宗，反正我家也用不到，要不然你現在就把屏風帶走吧？不是聽說最近這種東西的價格炒得很高？」宗助聽了還真的想把屏風帶走了。

請舅媽從倉庫取出屏風，在光線明亮之處一看，的確是以前見過的雙扇屏風。屏風的下方密密麻麻畫滿胡枝子、桔梗、芒草、葛草、女郎花，上方有一輪銀色的滿月，旁邊的空白處，題有「野徑伴夜空，月下女郎花。其一[9]」。宗助蹲身仔細打量銀色泛黑之處，以及隨風掀起的葛草葉片背面那顏色乾枯的模樣，乃至如麻糬大小的圓形朱紅輪廓中抱一[10]用行書寫的落款，他不禁回想起父親生前的情景。

每到正月，父親一定會把這面屏風從昏暗的倉庫取出，放在玄關口，前面放上紫檀木做的方形名片盒，接受別人的拜年。因為那時是過年，客廳的壁龕總會掛上雙幅老虎圖。宗助至今還記得，父親曾經告訴他，這不是岸駒[11]而是岸岱[12]的作品。老虎圖沾了墨漬。畫中的老虎正伸出舌頭喝山谷清水，鼻樑上有一點烏黑，父親非常介意，每次看到宗助都會數落：你還記得你在這裡塗墨的事嗎？這是你小時候的惡作劇。父親一邊說著一邊露出一種好笑又好氣的表情。

宗助在屏風前端正跪坐，一邊回想自己昔日在東京的情景，

「舅媽，那這面屏風我就拿走了。」他說。

「好好好，你拿回去吧。要不要我叫人幫你送回去？」舅媽出於好意如此提議。

宗助老實不客氣地拜託舅媽，當天就此打道回府。晚餐後與阿米一起又去了簷廊，在黑暗中穿著白色浴衣，並肩乘涼聊起白天的經歷。

「你沒見到安先生嗎？」阿米問。

「對，聽說小安星期六好像也照樣會在工廠待到傍晚。」

「那可真辛苦。」

阿米說完，對於舅舅和舅媽的處置再也沒有任何批評。

「小六的事情該怎麼辦？」宗助問。

「是啊。」阿米只是如此接腔。

「就常理而言，我們當然有我們的道理，可是一旦交涉起來，最後只會鬧上法院打官司，所以如果沒證據的話不可能打贏官司。」宗助做出最壞的預設，

「官司打不贏也無所謂。」阿米聽了立刻這麼說，宗助只好苦笑打住。

「簡而言之，一切都要怪我那時未能趕來東京。」

「等你能夠來東京時，那種事已經無關緊要了。」

夫妻倆一邊這麼談論，一邊又從簷下窺看細長的天空，討論明天的天氣之後鑽

---

9 鈴木其一（1796-1858），江戶末期的畫家。師從酒井抱一，從酒井家的家臣成為抱一的侍從。

10 酒井抱一（1761-1829），江戶中期至末期的畫家。播磨姬路藩主酒井忠以之弟。擷取各派畫技，後傾心於尾形光琳。喜愛俳諧，也擅長俳畫。

11 岸駒（1749-1838），江戶後期的畫家，岸派始祖。京都畫壇的中心人物，以畫虎而知名。

12 岸岱（1782-1865），岸駒的長子。身為岸派第二代傳人，遵守祖風對抗圓山四條派。

進蚊帳。

隔天是星期天，宗助把小六叫來，將舅媽說的話毫無保留地告訴他，「舅媽之所以沒有對你詳細說明，是因為知道你的性子急躁，或是覺得你還是小孩子所以才故意省略，這個我也不清楚，總之事情就是如我剛才所說。」宗助說道。

小六就算聽到再詳細的說明也不滿意。他只回了一句：「是嗎？」然後就氣呼呼地面帶不滿看著宗助。

「沒辦法。無論是舅媽或小安，都沒有那種惡意。」

「這個我當然知道。」弟弟說話的態度嚴峻。

「那你的意思是說錯的是我嗎？我當然有錯。從以前到現在我的錯處簡直數不清。」

宗助躺下抽菸，沒有再繼續說下去。小六也陷入沉默，眺望豎立在客廳角落的雙扇抱一屏風。

「你還記得那個屏風嗎？」之後哥哥問。

「記得。」小六回答。

「是前天佐伯家送來的。本來是爸爸的東西，如今我手上也只剩下這個了。這個如果能充做你的學費，我現在就可以給你，問題是你不可能只靠一面屏風混到大學畢業。」宗助說著，然後露出苦笑，

「天氣這麼熱，還豎立這樣的東西，好像有點瘋狂，但是也沒地方存放，所以別無他法。」他如此解釋。

小六對於這個看似逍遙自在，又似乎優柔寡斷，和自己有極大隔閡的兄長，向來感到不滿，但是到了關鍵的時候，絕對不會翻臉吵架。這時也是彷彿突然失去發怒的衝動，

「屏風不重要，重點是今後我該怎麼辦？」小六問道。

「那的確是個問題。不過今年年底之內決定就行了，所以你先好好考慮。我也會再想想看。」宗助說。

小六基於天性，很討厭這種曖昧不明的態度。他委屈地向宗助訴苦，說自己這樣去學校也無法安心上課，也無法好好預習功課，這種處境實在不堪忍受。但宗助

的態度依然不變。聽完小六忿忿不平的抱怨後，

「為了那種小事都能發揮這麼好的口才陳述不滿，那你不管去哪都沒問題。就算輟學也毫無影響。你比我厲害太多了。」宗助回答，因此對話就此中斷，小六終於回本鄉去了。

之後宗助洗完澡吃完晚飯，晚上和阿米一起到附近的夜市逛逛。買了二盆價格適中的盆栽，夫妻倆一人捧一盆回來。據說放在外面沾點夜晚露水對植物比較好，於是打開崖下的遮雨板，把二盆植物並排放在院子裡。

進蚊帳時，阿米問丈夫：

「小六的事怎麼樣了？」

「還是一樣沒辦法。」宗助回答，過了十分鐘夫妻倆就已呼呼大睡。

翌日醒來又開始上班生活後，宗助已無暇考慮小六的問題。即便回到家放慢步調時，也不敢在眼前明確描繪這個問題好好地仔細審視。他埋藏在頭髮底下的大腦，無法忍受那個煩擾。以前他很喜歡數學，曾經熱心鑽研過幾何問題，且很有耐心地在腦中試著描繪出明瞭的圖形，如今回想起來，與歲月的流逝相較，自己的變

化未免太劇烈甚至連自己都覺得可怕了。

但是小六的身影，每天起碼還是會在宗助的腦海深處模糊地出現一次，唯獨那一刻，他真心感到的確該好好考慮這小子的將來。但緊接著，通常又會覺得反正也不急，於是又自己打消念頭。就這樣彷彿心裡掛著一樁心事地過日子。

之後到了九月底，夜晚的銀河看起來格外深邃，某晚安之助彷彿從天而降地出現了。對宗助和阿米而言，安之助是意外的稀客，因此夫妻倆忍不住猜測他上門的用意，不出所料果然是為了小六的事。

據說之前小六忽然去月島的工廠找安之助，聲稱關於學費一事已聽兄長詳述，自己這些年來努力求學，如果最後不能上大學未免太遺憾，因此哪怕是要借錢或怎樣，都想繼續念下去，所以去找安之助商量看看有沒有什麼好方法，安之助回答會再找宗助好好討論，小六一聽立刻打斷他的話，聲稱自家兄長不是個能商量的人。小六說因為兄長自己大學沒畢業，所以認為別人中途輟學也是理所當然。這次的事情歸根究柢也是兄長的責任，兄長卻一副若無其事的模樣，不管別人怎麼說都不理會。因此，能夠依賴的只有表哥你了。已被舅媽正式拒絕還想懇求你或許很可笑，但我認為你比舅媽更容易溝通所以才來找你——據說小六死都不肯走。

安之助說他當時安慰小六：「沒那回事，阿宗也很擔心你，近日之內應該會再來我家商量。」這才把小六勸回去。小六臨走時，從懷裡取出幾張紙，說這是請假單必須蓋章，請安之助幫忙蓋章，據說他當時還說，反正自己能否繼續求學的問題解決之前都無法安心念書，因此沒必要每天上學。

安之助好像很忙，談了不到一小時就走了，關於小六的去留，兩人之間也沒有談出具體的方案。他臨走時還說，改天大家一起好好商談，方便的話讓小六也列席亦無不可。剩下夫妻二人後，阿米問宗助：

「你在想什麼？」宗助雙手插進腰帶之間，不自覺聳起肩膀回答：

「我還真想像小六以為的那樣撒手不管。枉費我還擔心他陷入與我相同的命運，結果人家根本不把哥哥放在眼裡自大得很。」

阿米收起茶具往廚房去。夫妻就此結束話題，鋪好被窩就睡了。夢境的上方有高高的銀河清涼懸掛天際。

隔週，小六沒來，佐伯家也毫無音信，宗助的家庭又恢復平日的安寧。每天早晨，兩口子在晨露發光的時刻醒來，望著屋簷上方明媚的朝陽。夜晚坐在被油煙燻黑的竹台上放置的油燈兩側，勾勒出長長的影子。往往當話題中斷時四下悄然無聲，只聞壁鐘的鐘擺滴滴響。

但夫妻在這段期間還是商量了小六的事。如果小六堅持非要繼續求學那自然不消說，就算不是這樣，也得暫時搬出現在的宿舍，如此一來他只能再回到佐伯家，或是改由宗助收留他。佐伯家雖已提出那樣的聲明，不過如果好好拜託，對方想必還是會基於善意暫時收留小六。但，若要繼續供他念書，學費與零用錢乃至其他開銷在道義上都得由宗助負擔。問題是宗助的家計狀況難以負荷。夫妻二人仔細核算了每月收支後，說道：

「果然不行。」

「怎麼算都負擔不起。」

夫妻倆現在坐的起居室隔壁就是廚房，廚房右邊是女傭的房間，左邊有一間三坪房間。加上女傭全家只有三口人，所以阿米覺得這三坪房間不大需要，向來把自己的梳妝台放在面向東方的窗口。宗助早上起來盥洗之後吃完飯，也會來這裡換衣服。

「要不然，把家裡那間三坪房間空出來，讓他住那裡可以嗎？」阿米提議。依照阿米的想法，如果自己家只提供住處與三餐，再讓佐伯家每月資助一點錢，或許可以如小六所願供他念到大學畢業。

「服裝方面也可以拿安先生的舊衣服或者你的，我再替他修改一下，應該可以湊合著應付。」阿米補充。其實宗助之前也不是沒想過這個法子。但他對阿米不好意思，對這主意也沒抱太大希望，因此之前一直沒提，現在妻子反過來主動找他商量這個辦法，他自然沒有勇氣拒絕。

不久，他們就把這個決定通知小六，寫信問他說你如果不反對，那我再幫你去佐伯家談談看。結果小六收到信的當晚，立刻冒雨撐著雨傘趕來了，彷彿已經拿到學費般欣喜不已。

「沒事，舅媽那邊，是看我們一直不管你，不聞不問的，所以才會那樣說。你放心，你哥哥若是狀況好一點，早就替你想辦法了，但你也知道我們家的情況所以實在是不得已。但是我們如果主動這樣提議，無論是舅媽或安先生，肯定不會反對。所以一定沒問題，你就安心吧。包在我們身上。」

聽到阿米這樣保證後，小六又撐著雨傘回本鄉去了。但是過了一天，他又來問哥哥去了沒有。才剛過三天，這次他又自己去舅媽家打聽，得知哥哥好像還沒來過，他又去催促阿米請她勸哥哥早點去。

宗助一直說要去，結果一天過一天轉眼已到了秋季。在那晴朗的美好週日午後，宗助實在不想去佐伯家，因此才會先寫信通知對方之後才去番町商談。結果，舅媽居然說安之助去神戶了不在家。

五

佐伯舅媽來訪，是在週六下午二點過後。那天難得一大早就有雲，彷彿突然吹起北風似地特別冷。舅媽把手伸到竹編的圓形火桶的上方烤火，

「我說阿米呀。你們這屋子夏天看似涼爽通風是很好，不過接下來會很冷喔。」

舅媽把自然捲的頭髮整齊梳成髮髻，古典的大褂綴有圓形衣繩在胸前打結。她生來嗜酒，現在也會每晚小酌一杯，或也因此，她的面色紅潤身材豐腴，看起來比

實際年齡年輕很多。每次舅媽來，事後阿米總會跟宗助說，舅媽好年輕喔。宗助聽了就會說明：看起來年輕是應該的，因為她活到那把年紀只生過一個小孩。阿米覺得說不定真是這個原因。而且被這麼說過後，她不時會悄悄走進三坪房間，攬鏡自照，檢視自己的面孔。那時她總覺得自己的臉頰好像越看越瘦削。對阿米而言，把自己與孩子聯想到一起是世上最痛苦的事。後面的房東家裡有很多年幼的孩子，經常傳來他們跑到崖上的院子盪鞦韆、玩捉迷藏的嬉鬧聲，阿米聽了，總是有種既空虛又嫉妒的心情。現在坐在自己面前的舅媽，只生了一個兒子，而且就因為那個兒子順順當當長大，成了氣派的大學學士，所以即便在舅舅過世後的今天，她照樣可以一臉滿足，生活富裕得甚至出現雙下巴。雖然安之助一直很擔心：「我媽太胖了所以很危險，如果不小心說不定會腦中風。」但照阿米看來，擔心的安之助，以及被擔心的舅媽，分明是在共享幸福生活。

「安先生呢？」阿米問。

「我告訴妳，他可總算回來了。是前天晚上回來的。所以一直拖著沒回覆你們，實在不好意思。」舅媽說，但她的答覆僅止於此，話題立刻又回到安之助身上。

「他呀，托各位的福總算畢業了，但今後才是關鍵，所以我很擔心。——不過從九月起，他要去月島的工廠上班，幸好照這樣看來只要好好學習，到最後我想應該會有不錯的成果，不過他畢竟還年輕，今後誰知道會有什麼變化。」

阿米只是不時插嘴說句「那真是太好了」或是「恭喜」。

「他去神戶，就是為了那方面的公事。說是什麼石油發動機，要裝在捕鰹魚的漁船上。這妳知道嗎？」

阿米完全聽不懂。雖然聽不懂還是應聲附和，於是舅媽立刻又接著往下說：

「這種事我也完全不懂，不過聽了安之助的講解我才知道，哎喲原來是這樣子。——不過石油發動機到現在我還是不懂啦。」說著，舅媽放聲大笑。「他說那是什麼燃燒石油就可以讓漁船行動自如的機器，我一問之下好像很貴重喔。只要裝了那個，據說就可以省下划槳的人工。要去外海五里[13]十里都不成問題，那樣可就省事多了。不過我告訴妳，說到日本全國捕鰹魚的漁船，那個數量很驚人對吧。如

13 里的單位起源於中國，傳到日本後，明治維新起定義一里約為三．九二七公里。

果那些漁船通通裝上這種機器，據說利益非常龐大喔，所以他最近好像全副精力都在研究那個。龐大的利益是很好啦，不過我就怕他這麼熱中，搞壞了身體豈不是太虧本，上次還這麼笑話他呢。」

舅媽滔滔不絕地敘述漁船事業和安之助，言談之間看起來得意洋洋，但她卻始終不提小六的事。而這個時間早該回來的宗助也遲遲不見人影。

這天宗助下班後坐到駿河台下這一站，下了電車，彷彿吃到什麼酸東西似地癟著嘴，走了一兩百公尺後，鑽進某個牙醫診所的大門。三、四天前他與阿米對坐正在吃晚飯，他邊說話邊動筷子，不知怎麼搞的，意外咬到門牙，之後就忽然開始牙疼。用手指一搖，齒根搖搖欲墜。吃飯時喝到熱茶會感到刺痛。張嘴呼吸時連風吹過都會痛。宗助這天早上刷牙時，特地避開疼痛之處，一邊使用牙籤一邊拿鏡子照口腔，這才發現在廣島補過銀粉的二顆臼齒，以及彷彿被研磨過已磨得不平整的門牙俄然發出寒光。換西服時，宗助忍不住對妻子說，

「阿米，我的牙齒好像特別糟糕。你看，這樣子一碰就會晃動。」說著用手指晃動下排的牙齒給妻子看。阿米笑著說，

「是你年紀大了。」說完繞到他身後替他在襯衣戴上白色假領。

就在這天下午，宗助終於鼓起勇氣去看牙醫。走進候診室後，只見大型西洋桌子的周圍並排放置天鵝絨椅子，裡頭已有三、四個病人在等候，他們弓身把腮幫子埋在衣領之間。而且全都是女的。漂亮的茶色暖爐還沒點火。宗助斜眼瞄著大鏡子映出的白牆顏色，等待輪到自己，但是乾等著實在太無聊，於是他盯上桌上堆放的雜誌。拿起一兩本翻閱，都是婦女雜誌。宗助對著卷首的幾張女人照片翻來覆去看了半天。之後他拿起《成功》這本雜誌。開篇就以條列式說明成功的祕訣，看到「事事都必須勇猛前進」這一條，以及「光是勇猛前進還不行，必須站在偉大的根基上勇猛前進」這一條，他就把雜誌倒扣放回去了。「成功」是與宗助距離太遙遠的東西。直到今天之前，宗助甚至沒聽說過市面上還有這樣的雜誌。但他還是覺得好奇，於是把本來倒扣的雜誌又翻開看，這時二行漢字驀然映入眼簾。寫的是「風吹碧落浮雲盡，月上東山玉一團。」宗助對詩詞這類東西本來就興趣缺缺，但不知怎地，看到這二句禪詩的當下卻非常有感觸。不是因為對句工整什麼的，是他倏然心頭一動，覺得如果能擁有與這種景色相同的心境，想必會心曠神怡。宗助基於好奇心讀了這二句禪詩前面的論文，但是看起來似乎與詩句本身毫無關係。但在他放下雜誌後，這二句禪詩依然不斷在他的腦中徘徊。他的生活，實際上在這四、五年來從未出現過那樣的景色。

這時對面的門開了，拿著紙片的助手喊：「野中先生！」叫宗助去手術室。

進去一看，手術室裡面比候診室寬敞一倍。在設計上盡量強調採光而顯得非常明亮的房間，兩側放了四台手術用的椅子，穿著白袍的男人正依序為每個人分別治療。宗助被帶到房間最後方的那張椅子，助手叫他坐上去，於是他踩上踏板，在椅子坐下，接著助手將一塊有條紋的厚質圍布仔細蓋住他的膝蓋以下。

當宗助這樣安安穩穩躺下時，他發現那顆牙齒已經沒有那麼痛了。不僅如此，他察覺肩膀與背部、腰部周圍也都安安穩穩，身體感覺非常輕鬆舒適。他只是仰面望著天花板垂下的瓦斯管，然後猜想以這種規格與設備，待會走的時候說不定得付出比預期更高的治療費。

這時，一個就長相而言頭髮過度稀疏的胖男人出現，非常客氣地向宗助打招呼，在椅子上的宗助有點狼狽地點頭示意。胖男人先大致詢問病情，檢查口腔，稍

微搖晃一下宗助抱怨會痛的牙齒，

「一旦出現這樣的鬆動，我想終究不可能恢復以前那般牢靠的狀態。因為裡面已有壞疽。」男人說。

宗助感到這個宣告宛如寂寞的秋光。他想問對方，難道自己已經那麼老了嗎，但又有點尷尬，因此只是再次確認：

「那麼，治不好了嗎？」

「除了告訴您治不好別無他法。逼不得已的話，只能乾脆拔掉，不過目前還沒到那種地步，所以我先幫您緩解疼痛。畢竟壞疽——壞疽這個名詞您可能聽不懂，總之裡面已經完全腐爛了。」胖男人笑著說。

宗助說聲是嗎，一切只能任由胖男人擺布。於是男人不停旋轉機器，開始在宗助的牙根鑽洞。然後男人把細長的針狀物體刺入其中，嗅了一下前端，最後勾出一條細如絲線的白筋，男人一邊說神經已經取出，一邊將其展現給宗助看。之後用藥物填補那個洞，提醒宗助明日再來複診。

下椅子時，因為身子打直，視線的位置從天花板倏然移向院子，放在院子約有五尺高的巨大盆栽松樹映入宗助的眼中。穿著草鞋的園丁正仔細地用稻草包裹樹根禦寒。漸漸已到露水結霜的時節，宗助這才發覺，有餘暇的人這時就已開始事先預防了。

宗助臨走時在玄關旁的領藥處拿到粉狀的含漱劑，聽到對方講解必須以一百倍的溫開水溶解，一天使用十幾次時，他因治療費用意外的便宜喜出望外。若是這種價格，就算照對方所言來個四、五次想必也不成問題。在宗助正要穿鞋子時，這次卻又發現鞋底不知幾時已經破了。

宗助回到家時舅媽才剛離開。他說，

「噢，這樣子啊。」一邊彷彿很不耐煩地脫下西服，一如往常坐在火盆前。阿米抱著他脫下的襯衫西褲還有襪子走進三坪房間。宗助心不在焉，開始抽菸。但當對面房間響起阿米拿刷子刷西服的聲音時，宗助又開口問：

「阿米，舅媽來說什麼？」

牙齒已經自己好了，所以那種彷彿秋意襲來的惡寒已略微減輕，不過隨後他還是讓阿米把口袋取出的藥粉用溫開水溶解，開始頻頻漱口。這時他站在簷廊上，

「白天好像變短了。」他說。

之後天黑了。白天就很少聽見車聲的住宅區內，入夜後更是一片死寂。夫妻倆照例聚在油燈下。遼闊的世間，似乎只有自己二人坐的這塊地方是明亮的。而且這明亮的燈影，令宗助只意識到阿米，阿米也只意識到宗助，二人都忘了油燈照不到的陰暗社會。他們就是這樣每晚在時光流逝中發現自己的生命。

這對安靜的夫妻，搖晃著據說是安之助從神戶買回來的伴手禮——養老昆布的罐子，從罐中挑選出塞有山椒的小型海帶結，緩緩談論佐伯家的回覆。

「不過區區學費與零用錢，他們就算幫忙支付應該也不難吧？」

「舅媽說她家沒那個能力。不管怎麼估算，兩樣加起來都得要十圓。她說十圓這筆金額，目前要按月給付會很吃力。」

「那麼到今年年底為止，每月給個二十幾圓也做不到嗎？」

「所以她說就算咬牙硬撐，頂多也只能再資助一兩個月，安先生說之後還請我們自行設法。」

「是真的做不到嗎？」

「這我就不知道了。畢竟舅媽是這麼說的。」

「鰹魚漁船如果賺到錢，那點金額應該是小意思吧？」

「就是啊。」

阿米低聲笑了。宗助也稍微挑動嘴角，但對話就此打住。過了一會，

「不管怎樣，除了把小六接回來家裡別無他法了。剩下的是今後的問題。現在他應該去上學了。」宗助說。

「應該是。」阿米回答，但他對阿米的回答漫不經心，難得鑽進書房。過了一小時，阿米悄悄拉開門一看，宗助正在桌前看書。

「你在看書？該睡覺了。」阿米這麼勸說時，他轉過身，

「嗯，要睡了。」他一邊回答一邊起身。

睡覺時，脫下衣服，一邊在睡衣纏繞絞染的腰帶，

「今晚看了很久沒讀的《論語》。」他說。

「《論語》有什麼問題嗎？」阿米反問，宗助回答：

「不，沒什麼。」然後他又接著，「喂，醫生果然說我的牙齒是年紀的關係。

牙齒鬆動的問題已經治不好了。」說著他把烏黑的腦袋放到枕上。

六

小六姑且先搬出宿舍移居兄長家的事情已經談妥。阿米望著三坪房間配置的桑木梳妝台，露出有點依依不捨的神色，

「這麼一來，倒是不知該往哪裡放了。」她有點委屈地對宗助訴苦。實際上如果把房間騰出來，阿米今後就沒地方可以化妝了。宗助想不出任何主意，站著斜視放在對面窗口的鏡子。因為角度的關係，鏡子正好映出阿米的領口至一邊臉頰。那張側臉看起來毫無血色令他大吃一驚，

「喂，妳是怎麼了？怎麼氣色這麼糟？」說著，他將目光自鏡子移開，看著阿米本人。她的鬢髮微亂，後領有點汙垢。阿米只是回答：

「大概是因為天氣冷吧。」接著她打開西側的一間櫃子。下方是傷痕累累的舊衣櫃，上面放了兩三個木頭行李箱和柳條箱子。

「這種東西，還真無處可收藏呢。」

「所以乾脆就留在這裡吧。」

小六搬進來，就這點看來，對夫妻倆多少都造成一點困擾。但是對於已經說好要搬來卻至今沒來的小六，他們也沒有催促。多少有點能拖一天是一天的心態，彷彿這樣就能暫時擺脫憋屈之感。小六也有同樣的忌憚，或許是在心裡覺得盡量在宿舍多住幾天更方便，才會把搬家的日子拖了一天又一天。可是以他的脾氣，又無法容忍自己像兄長夫婦這樣一再蹉跎。

不久，開始下起薄霜，屋後的芭蕉被徹底摧殘。崖上的房東家院子，早上響起尖銳的鵯鳥啼鳴。傍晚賣豆腐的喇叭聲自門外匆匆走過，還夾雜圓明寺的木魚聲。白天越來越短了。而阿米的臉色，比起宗助上次在鏡中看到的變得更差。有一兩次丈夫下班回來，都發現她躺在三坪房間。問她怎麼了，她只說有點不舒服。勸她去看醫生，她就說用不著，始終不肯答應。

宗助很擔心。去上班時也經常掛念阿米，有時甚至因此影響工作。某天他要回家時突然在電車上用力往膝上一拍。那天他格外精神抖擻地拉開玄關的格子門，氣

勢洶洶地衝進房間問阿米今天感覺怎麼樣。阿米一如既往把他脫下的衣服和襪子抱成一團，走進三坪房間後，他又緊跟著追來，

「阿米，妳該不會是懷孕了吧？」他笑著說。阿米沒回答，只是低頭不停拍打丈夫西裝上的塵埃。刷子的聲音停了之後也不見她走出房間，於是宗助過去一看，只見昏暗的室內，阿米一個人冷冷清清地坐在梳妝台前。她見到丈夫連忙應聲站起來，但聲音聽來似乎是剛哭過。

那晚夫妻倆都把手伸到掛在火盆的水壺上方烤火。

「妳看這年頭怎麼樣？」宗助的口吻格外輕浮。阿米的腦中，清晰浮現還沒結婚前的宗助與自己。

「是不是該稍微找點樂子？最近非常不景氣呢。」宗助又說。之後好一陣子二人只顧著討論下個星期天要一起去那裡還是這裡，然後話題轉到二人的春裝。宗助提到同事高木，被妻子逼著買窄袖和服時，一口回絕說自己可不是為了滿足妻子的虛榮心才辛苦賺錢，妻子聽了說那樣太過分，還辯解說是真的天氣冷了也沒衣服穿，結果他對妻子說，如果真的會冷那沒辦法，就裹著棉被或披著毛毯暫時忍耐一

下吧。宗助滑稽地轉述，逗得阿米也笑了。阿米看到丈夫這種樣子，彷彿昔日又重回眼前。

「高木的老婆裹著棉被也無所謂，但我想做一件新外套。上次去看牙醫，園丁正好在用稻草包裹盆栽松樹的根部，於是我因此深有體會。」

「體會到需要做件外套？」

「對。」

阿米看著丈夫的臉，似乎萬分同情，

「那就做一件吧。按月分期付款。」她說。宗助聽了忽然惆悵地回答：

「算了。」然後他問：「對了，小六到底打算什麼時候才搬來？」

「他大概不想搬來吧。」阿米回答。阿米早有自覺，小六打從一開始就不喜歡她。但她覺得那畢竟是丈夫的親弟弟，因此這段日子以來一直盡量迎合他，努力試圖稍微拉近距離。或也因此，她相信如今和以前不同，至少已有一般叔嫂之間的親近，可是到了這種時候，還是忍不住比實際所需更傷神，總懷疑自己是小六不肯搬來的唯一原因。

「從宿舍搬來這種地方當然沒啥好處。就像我們感到困擾，對方也會感到不自在。就拿我來說，小六如果不來，我現在起碼有下定決心做外套的勇氣。」

因為宗助是男人所以可以這樣把話挑明了說，但光靠這樣無法解開阿米的心結。阿米沒回答，沉默片刻後，保持尖下巴埋在衣領中的姿勢，只是小心翼翼抬起眼，

「小六該不會還在討厭我吧？」她問。宗助剛來東京時，經常被阿米問起類似的問題，每次都得勸慰妻子令他頗為傷腦筋，但近來妻子好像完全忘了這件事再也沒提起，所以宗助也就沒放在心上。

「妳又開始歇斯底里了。小六那傢伙怎麼想又有什麼重要。反正只要有我在妳身邊就行了。」

「是《論語》這麼寫的？」

阿米是個會在這種時候開這種玩笑的女人。宗助回答：

「嗯，是的。」然後二人的對話就此結束。

翌日宗助醒來時，白鐵皮屋簷的上方傳來清冷的雨聲。阿米紮起袖子以便工作

的繩子都沒解下，逕自走到他的枕畔，

「快起來，時間到囉。」當她這麼提醒時，他聽著這滴滴答答的聲音，很想在溫暖的被窩多賴一會。但是看到面色蒼白的阿米勤快的身影，他當下說聲「好」便立刻爬起來。

外面大雨滂沱。崖上的孟宗竹不時像動物甩動鬃毛般濺起雨水晃動。對於必須濕淋淋走到這冷寂天空下的宗助而言，唯一能給他力量的，僅有熱呼呼的味噌湯與熱呼呼的早飯。

「鞋子又要濕了。如果不準備兩雙會很麻煩。」說著，他無奈地穿上腳底已經破洞的皮鞋，把西裝褲的褲腳捲起一寸。

午後回來一看，阿米把抹布浸泡在臉盆中，放在三坪房間的梳妝台旁。只見那塊地方上面的天花板變色，不時落下水滴。

「不只是鞋子，連家裡都濕答答。」宗助苦笑地說著。那天晚上，阿米替丈夫將暖桌打開，用來烘乾蘇格蘭毛襪與毛呢長褲。

翌日同樣又是雨天。夫妻倆再次重複同樣的行為。又過了一天還是沒有放晴。

第三天早上，宗助皺眉嘖了一聲。

「這雨到底要下到什麼時候！鞋子濕答答的，就算勉強將就也不能穿。」

「房間漏水那麼嚴重也很傷腦筋。」

夫妻倆商量，等雨一停，就要找房東請人修補屋頂。但是鞋子就無法可想了。宗助只能勉強擠進那雙泡了水吱吱叫的破鞋出門。

幸好那天從上午十一點左右就徹底放晴，是個麻雀站在籬笆上啁啾的小陽春。宗助回來時，阿米的臉色還是一樣暗沉，

「老公，你要不要賣掉那面屏風？」她突然問。抱一的屏風之前從佐伯家取回後，就一直原封不動地豎立在書房角落。雖只是雙扇屏風，但就客廳的位置與面積而言，其實也是很占地方的累贅。如果改放到南邊，又會擋住玄關進來的一半入口，放到東邊則是會擋住光線。可是，如果放在最後剩下的地方，又會擋住壁龕，因此宗助也曾發過一兩次牢騷：

「枉費我把它當成老頭子的紀念特地拿回來，結果根本沒地方放，太占空間了。」

每次阿米都會望著屏風上那輪邊緣泛黑的銀色滿月，以及穗芒那種幾乎難以與絲綢底色區別的色調，她似乎無法理解珍藏這種破玩意的人到底在想什麼。不過，因為她忌憚丈夫，始終沒有明白地批評過什麼。只是有一次，她曾問過：

「這樣也算是很好的畫作嗎？」

當時宗助第一次把抱一的名字解說給阿米聽。但他其實也只不過是把自己以前從父親那裡聽來的說法，根據模糊的記憶隨便轉述罷了。至於畫作實際上的價值，以及關於抱一的詳細歷史，宗助自己也不甚了然。

不料，那竟在偶然之間促使阿米做出奇妙的行為。她從過去一星期以來丈夫與自己的對話中，驀然根據這些知識歸結出一個好主意，於是不禁稍露微笑。這天雨停了，陽光倏然照射起居室的拉門時，阿米在家居服外罩上顏色古怪不知該算是披肩還是圍巾的布料出門。她沿著馬路走到二丁目，往電車的方向轉彎後直走，在乾貨店與麵包店之間，有一間門面很大的舊貨店。阿米記得以前在那裡買過可以折疊桌腳的餐桌。現在掛在火盆上方的鐵製水壺也是宗助從這裡拎回家的。

阿米把手攏在袖子裡佇立在舊貨店前。一看之下，店內還是陳列著許多嶄新的水壺。另外，許是與當下的季節有關，看到最多的就是火盆。不過足以名為古董的東西好像一件也沒有。倒是有一個大得不可思議的龜殼，掛在對面的牆上，底下那支泛黃的長拂塵就像是龜尾巴。還有一兩架紫檀木做的茶櫃，都是可能讓人看走眼的現代工藝品。不過阿米完全看不出箇中區別。她只是確認沒有任何書畫或屏風後就走進店內。

阿米當然是打算把丈夫從佐伯家取回的屏風賣掉換點錢才會特地來到此地，幸好自從在廣島生活以來她對這種事情已相當有經驗，所以不需像普通妻子那樣努力或痛苦，便可鼓起勇氣直接對老闆開口。老闆是個年約五十歲、膚色黝黑、臉頰瘦削的男人，戴著玳瑁框大得離譜的眼鏡，一邊看報紙，一邊把手放在滿是疙瘩的青銅火盆上方烤火。

「這個嘛，我可以去看看。」老闆隨口答應，但是似乎沒有太大興趣，因此阿米心裡有點失望。不過自己對這趟拜訪本來就沒有抱著多大希望，如今對方輕易答應，而且是自己主動拜託的，就不能不給對方看了。

「可以。那我有空再登門拜訪。因為現在店裡的小伙計正好不在。」

阿米聽了老闆這番傲慢的說詞就回家了，但她心裡對於舊貨店老闆會不會真的上門估價頗為懷疑。她獨自一如往常簡單果腹後，讓阿清收走餐盤，這時舊貨店老闆忽然大聲喊著「打擾了」從玄關走進來。進了室內，給他看那面屏風後，他說聲原來如此，前前後後地摸了半天，

「如果太太要賣，」他想了一下，「我願意出六圓。」最後他不大情願地如此開價。阿米認為老闆開的價格很合理。但是好歹還是得先跟宗助說一聲，否則未免太專斷獨行，更何況這屏風畢竟歷史悠久，所以更要慎重，因此她只回答等外子回來我們仔細商量之後再說，就想打發老闆離開。結果老闆臨走時又說：

「好吧，就當是跟太太結個善緣，我再多出一圓吧。請把屏風賣給我。」阿米這時鼓起勇氣，

「可是，老闆，那是抱一的作品耶。」她回答，其實暗自捏了把冷汗。老闆聽了不以為意，

「抱一近來不流行了。」他隨口反駁，但是定睛打量阿米的模樣之後，

「那你們再好好商量。」老闆撂下這句話就離開了。

阿米此刻將當時的情形詳細說完後，

「不能賣嗎？」她再次單純地問。

宗助的腦中，打從之前就一直有物質上的欲望在蠢蠢欲動。但是這幾年他習慣了簡樸的生活，早已放棄要改善窘困家計的念頭，因此除了每月固定領到的薪水，他絲毫沒想到可以臨時賺點外快讓生活過得稍微寬裕一點。聽到妻子這麼提議時，他反而為阿米的機敏才智感到驚訝，同時也懷疑是否真有那個必要。仔細一問阿米的動機，阿米說如果現在能夠拿到十圓以內的現金，就可以替宗助買雙新鞋，還可以買一匹布料做件衣服。宗助覺得很有道理。但是把父親遺留的抱一屏風放在天秤的一端，另一端放上新鞋及新衣服衡量之下，將二者交換之舉顯得格外突兀滑稽。

「要賣掉也行。反正放在家裡也只會占地方。但我還不用買鞋沒關係。若是像之前那樣陰雨連綿當然很困擾，但是現在天氣已經變好了。」

「可是如果改天又下雨了，還是會很麻煩的。」

宗助無法對阿米保證天氣永遠晴朗。阿米也不敢催他在下雨之前一定要賣掉屏風。二人面面相覷都笑了。最後，

「是不是太便宜了？」阿米問。

「是啊。」宗助回答。

聽到妻子說便宜，他也覺得便宜了。如果有買家，買家能出多少錢他就想拿多少錢。他記得看報紙時，曾經看過近來古書畫的價格非常昂貴。至少要是有一幅那樣的東西該多好。但他隨即認命地想，那種好東西不可能落在自己呼吸的空氣範圍之內。

「要看買方，也要看賣方呀。縱使是名畫，在我手裡終究賣不出好價錢。不過七、八圓未免也太便宜了。」

宗助替抱一屏風辯護的同時，彷彿也在替舊貨店老闆辯解。然後他感到好像唯有自己不值得辯護。阿米似乎也有點沮喪，於是屏風的話題就此結束。

翌日宗助去上班，見到每個同事都忍不住提起這件事。結果大家不約而同地表示那個價錢太低了。可是沒有任何人肯替自己出面斡旋談個合理的價碼。而且也無人指點他到底該透過什麼管道，用怎樣的手段才能不受騙吃虧。到頭來，宗助還是只能把屏風賣給橫街的舊貨店。否則就得照以前那樣，任由屏風豎立在客廳繼續占地方。於是他又把屏風放回了原位。結果舊貨店老闆自己來了，這次提出願以十五圓收購那面屏風。夫妻倆面面相覷露出微笑。他們說暫時不想賣了，不肯賣出。於是老闆又來了。他們還是沒賣。阿米甚至開始覺得拒絕老闆很好玩。第四次時，老闆帶了一個陌生男人來，和那個男人偷偷摸摸商量一番，最後開出三十五圓的價碼。這時夫妻倆也站在一旁私下商量。最後終於下定決心賣掉屏風了。

七

圓明寺的杉樹已變成燒焦似的暗褐色。天氣好的日子，被冷風滌淨的天際，可以看見白色山稜線條險峻的山脈。歲月驅使宗助夫婦漸漸走到了寒冷的年底。到了早上，沒有一天不缺的納豆叫賣聲，總令人聯想到瓦上的連綿霜色。宗助在被窩裡聽著那個聲音，思忖著冬天又到了。阿米在廚房，則是為年底到初春的這段日子憂心忡忡，只盼今年也像去年一樣，只要自來水龍頭不會結冰就好了。到了晚上，夫妻倆會擠在暖桌邊取暖，並且很懷念也很羨慕廣島與福岡的暖冬。

「我們這樣簡直像前面的本多家。」阿米笑著說。前面的本多家，是指住在同一區也是租借坂井家房子的老夫婦。本多家只有一個小女傭，從早到晚悄然無聲地安靜過日子。阿米在屋裡獨自做針線時，不時會聽見呼喚「老頭子」的聲音。這是本多老太太在喊丈夫。如果在門口相遇，對方當然也會寒暄一下時令冷暖，邀請阿米到家裡坐坐聊兩句，但是宗助夫婦始終沒去過，對方也沒有來過。因此夫婦倆對於本多家的認識非常貧乏，只是曾透過出入家中的商販口中得知，本多家有個獨生兒子，在朝鮮的統監府[14]當大官，老倆口每月靠兒子寄回來的錢就可以不愁吃穿。

「老先生八成又在擺弄他那些植物。」

「天氣漸漸冷了，應該已經不弄了吧。他家簷廊下排滿許多盆栽。」

之後話題從前面住的人家轉移到房東。房東家和本多家正好相反，在夫婦倆看來，似乎是個異常熱鬧的大家庭。最近院子天寒地凍，已經不再有大批小孩跑到崖上嬉鬧，但每晚都會傳來鋼琴聲。不時還有女傭之類的人物在廚房那邊大笑，連宗助待在起居室都聽得見聲音。

「那個男人到底是做什麼的？」宗助問。迄今這個問題已經問過阿米好幾次了。

「應該什麼也沒做只是遊手好閒吧。反正有土地有房產。」阿米回答。這個答覆迄今也同樣已經對宗助講過好幾次了。

宗助沒有再繼續追問坂井的事。在他輟學當時，只要遇見一帆風順得意洋洋的人，他也會暗想咱們今後走著瞧。過了一陣子之後，那轉變成單純的憎惡。不過這一兩年他對於自己與他人的差異已經毫不在乎了。如今他的想法是，反正自己生下來就注定是這樣，對方也是靠著對方的運氣混跡世間，兩者打從一開始就是不同種類的人，所以除了同樣作為一個人活在世間之外，彼此其實並沒有任何關係或利害。雖然偶爾趁著閒聊時，也會問問那人到底是做哪一行的，但是更深入的資訊，他也懶得付出努力去打聽。阿米似乎也有同樣的傾向。不過這天晚上很難得，她娓娓訴說坂井先生是個年約四十歲、沒有鬍子的人，每晚彈鋼琴的是他家大女兒，約莫十二、三歲，據說別家的小孩上門玩耍時，他也不讓人家坐鞦韆等等。

---

14 統監府是明治三十八年日韓簽訂日韓保護條約後，設於漢城（現在的首爾）代表日本的政府機關。

「為什麼不讓別家的孩子盪鞦韆？」

「說穿了就是吝嗇吧。怕玩多了鞦韆容易壞掉。」

宗助忍不住笑出來。然而，阿米口中如此吝嗇的房東，只要告訴他屋頂漏水，他會立刻叫瓦匠來補；如果告訴他籬笆爛了，他也立刻請園丁來整理。仔細想想還挺矛盾的。

那晚宗助的夢中，沒有本多家的盆栽也沒有坂井家的鞦韆。他在十點半左右就寢，像精疲力竭的人一樣鼾聲大作。最近因為頭疼一直為失眠所苦的阿米，不時睜開眼眺望昏暗的室內。只見一燈如豆放在壁龕上。夫妻倆習慣在夜裡點燈，因此就寢時總是把油燈的燈芯捻細後拿到這個房間。

阿米不自在地挪動枕頭的位置。每次壓在下方的肩胛骨，都會跟著在墊被上滑動。最後她趴著支起雙肘，朝丈夫看了一會。然後她起身，把搭在被角的家居服披在睡衣外，拿起壁龕的油燈。

「老公，老公。」她走到宗助的枕邊彎腰喊他。這時丈夫已經沒有打鼾。但是，他依舊保持沉睡時的呼吸。阿米又站直，拿著油燈，拉開隔間的拉門去起居室。昏暗的房間被手裡的油燈朦朧照亮時，阿米看見發出暗光的衣櫃拉環。走過那個房間之後是被油煙燻黑的廚房，只有上半截貼著白紙的拉門看似透出白光。阿米在沒開火的廚房中央佇立片刻，最後悄然無聲地拉開右手邊的女傭房間的房門，進去之後拿手遮住油燈的燈光。女傭躺在看不清花紋與顏色的被子中，像土撥鼠一樣蜷成一團呼呼大睡。接著阿米又去察看左側的三坪房間。空蕩蕩的冷清室內，放著那個梳妝台，鏡面在夜裡格外犀利地映入眼簾。

阿米巡視家中一圈後，確認一切毫無異狀，又回到被窩。然後終於閉上眼。這次很好，她感到眼皮發沉不必再特別費神緊閉，過了一會自然已昏昏沉沉半睡半醒。

這時她忽然又睜開眼。她覺得枕邊好像響起咚的一聲。她把耳朵自枕上移開想了一下，總覺得那是某種沉重的東西自屋後的山崖墜落到他們夫妻睡的房間簷廊外。而且就是她睜開眼的前一瞬間發生的事，絕非夢境的延續，這麼一想，阿米忽然感到毛骨悚然。她連忙拉扯睡在旁邊的丈夫的睡衣袖子，這次認真叫醒宗助。

宗助之前睡得正熟，突然醒來後，發現阿米正在搖晃他，

「老公，你快點起來！」

於是他在半夢半醒中嘀咕「好啦」，立刻從被窩坐起來。阿米小聲把剛才的情況告訴他。

「妳只聽到一次聲音嗎？」

「就是剛剛才發生的。」

二人就此沉默。只是凝神留意外面的情況。但世間森然寂靜。儘管他們豎起耳朵聽了又聽，還是沒有東西再次墜落的跡象。宗助嚷著好冷，在單薄的睡衣外罩上大褂，走到簷廊拉開一扇遮雨板。但即便探頭朝外看也看不到任何東西。只有黑暗中的寒冷空氣倏然逼近肌膚。宗助立刻關上遮雨板。

鎖好門窗回到房間，他立刻又鑽進被窩，

「沒有任何異狀。八成是妳在作夢。」說完，宗助又躺下了。阿米堅持那絕對不是夢。她固執地聲稱頭上的確傳來巨響。宗助從被子露出半張臉，把臉扭向阿米，

「阿米，我看妳有點神經過敏，最近不大對勁。妳應該讓腦袋稍微休息一下，

好好睡覺。」他說。

這時隔壁房間的壁鐘敲響二點的鐘聲。那個聲音令二人頓時都有點語塞，陷入沉默後，夜晚似乎變得更寂靜。二人徹底清醒，一時之間也不可能睡著了。阿米說，

「不過還是你心寬。躺下不到十分鐘就已睡著了。」

「睡是睡了，可我並非無憂無慮地睡著。我是因為太累了才會熟睡。」宗助回答。

就在這麼對話之際，宗助又睡著了。阿米依然無聊地在床上輾轉反側。這時外面有一輛車子經過，響起喀拉喀拉的刺耳聲音。最近阿米不時會被黎明前的車聲驚醒。想到這點，每次又是在同樣的時間，因此她推測每天清晨大概都有同一輛車子經過同樣的地方。八成是送牛奶之類的車子，才會那樣急著趕路，所以聽到這個聲音，就代表黎明來臨，鄰人開始活動了，這令她頓時安心不少。就這麼躺著，不久某處傳來雞鳴。又過了一會，響亮的木屐聲開始在路上來往。之後阿清打開女傭房的房門，似乎是起來上廁所，接著又去起居室看時鐘。這時放在壁龕的油燈裡的油

已經所剩無幾，燒不到短小的燈芯，因此阿米躺臥之處變成一片漆黑。這時阿清手裡拿的燈火，自拉門外射入燈影。

「是阿清嗎？」阿米喊道。

阿清之後立刻起床做事。過了三十分鐘阿米也起來了。又過了三十分鐘後宗助終於也起來了。平常的日子，阿米通常會在固定的時間過來說，

「可以起床囉。」碰上星期天或偶爾出現的國定假日，她說的話也只是改成：

「快點起床吧。」但昨夜的事情多少有點令宗助耿耿於懷，因此今天阿米還沒來喊他，他就自動起床了。然後他立刻打開靠近崖下的那扇遮雨板。

從簷下探頭往上一看，寒竹被清晨的空氣鎖住凝定不動，竹子後方射來粉碎冰霜的日光，將頂端渲染幾分。下方二尺之處最陡峭的崖壁生長的枯草異樣剝落，曝露底下的紅土地，令宗助有點吃驚。之後視線筆直向下移，他發現正好就在自己站立的簷廊邊，泥土上的霜柱好似被踐踏過一片狼藉。宗助懷疑該不會是有大狗從上面掉落。但若是狗，就算體型再大，也不可能有這麼猛烈的來勢。

宗助從玄關拎來木屐，立刻走下院子。簷廊前端轉角就是向外伸出的廁所，狹

小的崖下空間，穿過屋後三尺之處變得更狹小。每次清掃的人過來，阿米都很擔心這個拐角，

「那裡要是再寬敞一點就好了。」她憂心忡忡地說，經常被宗助笑話。

穿過那裡，有一條小路筆直通往廚房。本來有參雜枯枝的杉樹圍籬，用來區隔與鄰居的院子，但是上次房東整理時，把破洞累累的杉葉清除乾淨，如今一邊有布滿木紋的粗糙木板牆擋住直到廚房門口。不僅遮蔽日光，還會從排水管滴落雨滴，因此到了夏天會長滿秋海棠。在最茂盛的時候，青翠葉片層層重疊，幾乎看不見小路。剛搬來那年，宗助和阿米看到這種景色甚至大吃一驚。這片秋海棠在杉樹圍籬尚未剷除前就已在地下蔓生多年，如今即便舊房子已拆毀，時節來臨還是會一如往昔地萌芽，得知這點時，阿米倒是很高興，

「這樣也挺可愛的嘛。」

宗助踩著地上的霜，走到這條擁有諸多回憶的小路時，他的眼睛落在細長小路的某一點。然後他站在曬不到太陽的寒冷中愣住了。

腳下有一個黑漆泥金的書信盒。彷彿是特地拿到這裡放置，盒子好端端地擱在

霜地上，但是盒蓋躺在兩三尺之外，像是撞到牆角似地翻過來，裡面貼的千代紙花紋清楚可見。盒子裡露出的書信及紙條毫不客氣地散落一地，比較長的一封，甚至被特地鋪展開來足足有二尺長，前端像紙屑一樣揉成團。宗助走近，看著這揉成一團的紙張下方不禁苦笑。底下有一坨屎。

他把散落土上的書信疊成一落，放回盒中，就這樣帶著霜花與泥土髒兮兮地來到廚房門口。拉開紙門，把東西交給阿清，

「喂，先把這個放到那邊。」阿清面露詫異，不可思議地接下書信盒。此時，阿米正在裡面拿撢子清掃客廳。之後宗助把手揣在懷裡，仔細巡視玄關及大門一帶，但是完全找不出異於平日之處。

宗助終於回到屋內。他來到起居室照例坐在火盆前，但他立刻大聲喊阿米。阿米一邊說：「剛起床你就跑到哪去了？」一邊從裡屋出來。

「喂，昨晚枕畔出現巨響，果然不是夢。是小偷。那是小偷從坂井家的崖上跳到我們家院子的聲音。我剛才繞到屋後一看，這個書信盒掉在地上，裡面的書信全都被扔得亂七八糟。而且對方還留下紀念品。」

宗助從盒子取出兩三封信給阿米看。那上面全寫著坂井先生的姓名地址。阿米大吃一驚甚至來不及端正跪坐便急忙追問，

「坂井家還有別的被偷嗎？」宗助交抱雙臂，

「弄得不好，可能還有別的東西失竊。」他回答。

夫妻倆決定姑且按下此事不提，把盒子放到一旁準備吃早飯。但是動筷子時也沒忘記小偷的事情。阿米對丈夫誇耀自己的耳朵與腦袋是多麼靈光。宗助則是慶幸自己的耳朵與腦袋不夠靈光。

「說是這樣說，但這如果不是發生在坂井家而是咱們家，像你這樣呼呼大睡豈不是麻煩了。」阿米奚落宗助。

「怕什麼，小偷絕對不會光顧咱們家，所以妳大可放心。」宗助嘴上也不肯認輸。

這時阿清突然從廚房探出頭，

「之前先生做的新外套要是被偷走了，那才真是麻煩大了。幸好不是府上失竊而是坂井家，真是太好了。」她是真心說得很高興，反而令宗助和阿米都有點不知

該如何接話。

吃完飯，距離出門上班的時間還早。想必坂井家正雞飛狗跳，於是宗助決定親自把書信盒送回去。盒子雖有泥金裝飾，但其實只是在黑漆上以金粉鑲嵌龜甲形圖案，看起來並不怎麼值錢。阿米取出唐棧[15]花紋的包袱巾包裹盒子。包袱巾有點小，因此她把四角捉對綁起，中央打兩個雙聯結。宗助拎著那個，看起來就像是拎著送禮的點心盒。

單從客廳看來，坂井家就在崖上，但從大門繞過去卻得先走大約五十公尺的距離，上了坡，再往回走五十公尺，否則就到不了坂井家的門前。宗助沿著石頭上長滿青草，種植美麗扇骨木的圍籬走進門內。

坂井家裡毋寧過於安靜。來到毛玻璃門緊閉的玄關，他試著按了兩三下門鈴，但是門鈴似乎故障了，沒有人出來。宗助只好繞到廚房的門口。那裡也有二扇鑲嵌毛玻璃的拉門緊閉。裡面傳來拿取器物的聲音。宗助拉開門，對著蹲在放瓦斯爐那個房間的女傭打招呼。

「這是府上的東西吧？今早掉在我家後面，所以我送過來了。」說著，他遞出書信盒。

女傭說，「這樣子啊，謝謝。」簡單道謝後，她拿著盒子就走到木板間的門口，呼喚似乎是專門在裡屋伺候的另一名女傭。她小聲說明後把東西交給對方，女人收下東西後朝宗助看了一眼，立刻遁入裡屋。緊接著，一個年約十二、三歲圓臉大眼睛的女孩子，和同樣綁著蝴蝶結看似姊妹的女孩一同跑來，二顆小腦袋並排伸進廚房。然後一邊打量宗助的臉，一邊耳語著「是小偷喔」。宗助交出盒子就已完成任務，因此也懶得再跟裡屋打招呼，打算立刻離開。

「書信盒是府上的吧？沒錯吧？」他再次確認，正在同情毫不知情的女傭時，之前的女人出來了，

「裡面請。」對方客氣地鞠躬，這次輪到宗助有點為難。廚房的女傭也跟著委婉地提出同樣的請求，宗助如今已不只是為難，還感到麻煩了。最後這家的主人親自出來了。

15 唐棧，進口織錦布料的一種。深藍底色上有紅色或淺藍色的條紋。深受風雅人士喜愛。

此人果如預料面色紅潤，下巴渾圓極有福相，但並非像阿米描述的那樣白面無鬚。人家鼻子底下分明蓄著小鬍子，臉頰到腮幫子倒是刮得很乾淨。

「哎呀，真是麻煩您了。」主人在眼角擠出皺紋笑著道謝。穿著米澤絲綢和服在木板間跪坐，向宗助詢問種種情況的態度，非常從容不迫。宗助把昨夜至今早發生的事一一扼要說明後，詢問對方除了書信盒還有沒有遺失什麼東西。主人回答放在桌上的金錶被偷走了。但他的態度就像失竊的是別人的東西，絲毫沒有苦惱的神色。比起金錶，他對宗助的敘述更感興趣，還詢問小偷到底是本就打算沿著山崖從屋後逃走，還是逃走時不慎失足墜崖。而宗助當然答不上來。

這時，之前的女傭從裡屋端來茶水與香菸，因此宗助再次失去離開的機會。主人特地替他拿來坐墊，宗助只好就這麼坐下來不走了。然後他們開始談起今天一大早來訪的刑警。根據刑警的判斷，小偷是在剛入夜時潛入家中，而且肯定是躲在儲藏室之類的地方。潛入口果然是廚房的出入口。小偷應該是用火柴點燃蠟燭，豎立在廚房的小桶中，前往起居室，當時這家的太太與小孩睡在次間，因此小偷沿著走廊來到主人的書房，在那裡搜刮財物，這時剛出生的小兒子，許是因為到了喝奶的時間，醒來哇哇大哭，於是小偷打開書房的門逃入院子。

「要是像平常一樣有狗在就好了。不巧狗生病了，四、五天前已送進醫院。」

主人說著非常遺憾。宗助也跟著回答：

「那真是太遺憾了。」

於是主人開始談論那隻狗的品種與血統，以及不時會帶狗去打獵云云。

「因為我喜歡打獵。不過近來因為神經痛已經休息一陣子了。畢竟從初秋到冬天如果要去打候鳥，就得把腰部以下浸泡在田中耗上兩三個小時，據說那樣對身體很不好。」

主人似乎是個毫不在乎時間的人，宗助不時附和兩句原來如此、這樣嗎，於是他就越發起勁地滔滔不絕，最後宗助只好中途打斷他。

「接下來我還得照例出門上班。」他如此表明，主人似乎這才發覺，連忙道歉說不該在他百忙之中耽誤他的時間。並且也說，刑警或許還會去現場勘查，屆時還請多多配合協助。最後，還客氣地表示：

「有機會一定要再聊聊。我最近正好比較清閒，所以改天去拜訪您。」

宗助出了門急忙趕回家，比起每天早上出門的時間，已經晚了三十分鐘。

「你是怎麼搞的？」阿米憂心地走到玄關迎接。宗助立刻脫下和服換上西裝，一邊說：

「那個坂井還真是想得開。只要有錢就可以那樣輕鬆自在吧。」

八

「小六，從起居室開始吧。還是要先從客廳開始？」阿米問。

四、五天前，小六終於搬到哥哥家，因此今天不得不幫忙更換拉門上貼的白紙。以前住在舅舅家時，他也和安之助一起換過自己房間拉門的白紙。當時他們是在盆中溶解漿糊，再用小竹片把漿糊刷上去，做得很道地，可是順利晾乾白紙後，準備要把門安裝回原來的位置時，這才發現二扇門居然弄反了而無法嵌入門檻的溝內。此外還有一樁與安之助共同搞砸的差事，是在舅媽的吩咐下，替拉門重新貼紙時，直接拿自來水嘩啦嘩啦沖洗門框，結果乾了之後才發現門框歪斜變形，當下大傷腦筋了一番。

「嫂子，貼紙門時，如果不格外慎重一定會搞砸。記得絕對不能用水洗喔。」說著，小六從起居室的簷廊邊開始撕下門上的舊紙。

簷廊前方的右邊是小六的三坪房間，轉彎後左邊是玄關。對面有圍牆與簷廊平行，因此等於是在四方形框框內。到了夏天長滿整片波斯菊，夫妻倆每天早上都會因晨露水溶溶的景色大感欣喜，也在圍牆下豎立細竹，讓牽牛花攀附其上。起床後細數今天開了幾朵花是二人的一大樂趣。但從秋天到冬天，花草一概枯萎，看起來就像小沙漠，冷清得甚至令人不忍卒睹。小六現在就是背對這片剛下過霜的方形地面，努力撕除拉門上的紙。

不時吹來的寒風，從小六身後襲擊他的光頭與脖頸一帶。每次他都很想從冷風呼嘯的簷廊躲回房間。但他凍紅的手仍繼續默默工作，一邊在水桶裡扭乾抹布擦拭門框。

「很冷吧。真可憐，不巧碰上陰雨綿綿。」阿米殷勤地說著，一邊倒進水壺的熱水，溶解昨天煮的漿糊。

實際上小六很看不起這種差事。尤其是就自己如今被迫陷入的處境而言，此刻不免抱著懷疑自己遭到侮辱的念頭抓著抹布。以前在舅舅家，被命令做同樣的事情時，他只當作打發時間的消遣，不僅不會反感，甚至因而留下有趣的回憶，可是現在卻覺得這彷彿是周遭眾人在逼他認清一個事實：自己是個只配做這種差事的無能廢物。而簷廊的寒冷更加煽動了他的怒火。

於是他甚至不肯爽快地回答嫂子。他忽然想起宿舍裡的法科大學生，此人趁著出門散步時，順路去資生堂隨便買盒三塊裝的香皂與牙膏就花了將近五圓，出手十分闊綽。小六頓時感到沒道理只有自己一個人陷入這樣的絕境。然後他對甘於在這種生活狀態下虛度一生的兄嫂也感到憐憫。他們就連買幾張好一點的美濃和紙貼紙門恐怕都得考慮半天，在小六看來他們過著頗為消極的生活方式。

「用這種紙，很快又會破掉喔。」說著，小六把捲起的紙扯出一尺左右對著日光，嘩啦啦地用力拉扯了兩三下。

「會嗎？可是我家又沒小孩，應該不至於吧。」阿米回答後，拿起沾了漿糊的刷子不停刷過門框上。

二人各站一邊一同拉著長長的白紙，努力不讓紙張垂落地上，但是小六不時露出不耐煩的神色，阿米為了怕他不高興，只好草草用刮鬍刀裁斷紙捲貼上。因此完成的成果，到處可見沒有貼平的鼓鼓痕跡。阿米很難為情地站在門口望著剛貼好的拉門。心裡想，如果對方不是小六而是丈夫就好了。

「有點皺巴巴耶。」

「反正我的手藝本來就不好。」

「你哥哥的手藝還比不上你，而且你哥哥比你偷懶。」

小六沒回答，接過阿清從廚房端來的漱口杯，站在門前，對著貼上的白紙噴水讓整面濡濕。貼第二張時，之前噴的水已乾了，皺痕大致變得平坦。貼第三張時，小六開始抱怨腰痛。其實阿米才是從今早就感到頭痛不斷。

「再貼一張，把起居室貼完就休息。」她說。

貼完起居室的拉門時已到了中午，於是二人一同用餐。小六搬來後的這四、五天，阿米都是在宗助缺席的情況下與小六面對面共進午餐。自從嫁給宗助，每天與阿米一同用餐的，除了丈夫再無別人。丈夫不在家時，她就獨自用餐，這已是多年來的習慣。因此突然在小叔和自己之間放著飯鍋，彼此看著對方的臉吃飯，對阿米來說是一種奇異的經驗。而且女傭在廚房工作時還好，如果阿清不見蹤影也不聞其聲，就會產生更古怪的彆扭感。當然阿米的年紀比小六大，而且就向來的關係而言，即便在最拘束的初期，二人之間也不可能產生香豔的男女之情。阿米與小六對坐用餐時，總是在心中偷偷懷疑這種鬱悶的心情到底要幾時才會消失。之前她完全沒想到小六搬來會導致這種結果，因此她更加困惑。無奈之下只好盡量在用餐時硬找話題聊，至少努力填補不知所措時的空白。不幸的是，現在的小六，腦子裡尚未發現足夠的餘裕和理智來好好面對嫂子的這種態度。

「小六，在宿舍吃得好吧？」

碰上這種問題，小六不可能再像以前從宿舍來作客時那樣，做出平淡不假思索的回答。無奈之下，他頂多只能說：

「也沒那麼好。」但他的語氣頓時變得含糊不清，因此阿米這廂，也可以解釋為自己提供的待遇不好。那同樣也在無言之間，傳達到小六的腦海。

尤其今天鬧頭疼，即便坐在餐桌前，阿米也很難保持平時的殷勤服務。試著努力搭話卻失敗收場，這讓她更煩躁。於是二人比起貼拉門時更沉默地吃完飯。

大概是因為已經做習慣了，下午工作進度比早上快一點。但二人的心情比起吃飯前反而更疏離。尤其是寒冷的天氣更是令二人頭痛。起床時還有陽光的天空似乎逐漸向遠方退去，雖然很晴朗，但當它本該染上蔚藍天色時卻突然飄來烏雲，彷彿在暗中醞釀一場粉雪，濃密遮住了陽光。二人只好輪流伸手烤火。

「哥哥明年應該會加薪吧？」

小六忽然這麼問阿米。阿米此刻本來正撿起榻榻米上的紙片準備擦拭沾滿漿糊的手，頓時滿臉錯愕。

「怎麼說？」

「我看報紙，不是說從明年起一般公務員都會加薪嗎？」

阿米完全沒聽說這樣的消息。聽了小六的詳細說明後，她這才點點頭說原來如此。

「就是啊。現在這種薪資，誰幹得下去啊。就拿魚片來說吧，自從我來到東京，已經漲了一倍的價錢。」她說。談到魚肉的價錢，這次是小六完全沒概念了。

被阿米這麼一提醒，他才想到原來魚肉那麼貴啊。

小六當下萌生一點好奇，於是二人的對話變得格外熱絡。阿米轉述上次從宗助那裡聽說的資訊：住在後面的房東十八、九歲時，據說物價相當便宜。那時就算吃蕎麥麵，素麵只要八厘，加料也只要二錢五厘。普通牛肉一人份四錢，牛排六錢。聽戲大約三錢至四錢。如果學生每月可以從家鄉拿到七圓，已經是中等的經濟水平了。如果能拿到十圓通常會被視為有錢人。

「小六，若是當時，你也可以輕輕鬆鬆地大學畢業了。」阿米說。

「哥哥若是在當時也可以過得非常寬裕了。」小六回答。

將客廳的紙門全部貼完時已過了下午三點。這麼東忙西忙之際，宗助也要回來了，必須開始準備晚餐，於是二人到此告一段落，收拾漿糊與小刀。小六伸個大大的懶腰，握拳敲打自己的腦袋。

「真是辛苦了。一定很累吧？」阿米慰勞小六。小六倒是覺得嘴饞。上次送還書信盒，坂井家給了一盒點心當作謝禮，於是要求阿米從櫃子取出來吃。阿米泡了茶。

「坂井這個人是大學畢業嗎？」
「對，據說是這樣沒錯。」
小六喝茶抽菸。之後他問，
「哥哥還沒跟嫂子提加薪的事？」
「沒有，完全沒有。」阿米回答。
「要是能夠像哥哥一樣就好了。日子過得沒有任何不滿。」
阿米沒有特別說些謙虛的客套話。小六就此起身走進三坪房間，之後說火熄了，抱著火盆又走出來。他雖然寄居哥哥家，但他相信安之助之前安慰他時說的那句「再過一陣子應該會經濟好轉」，學校那邊表面上暫時也以休學的名義解決這個問題。

九

住在後面的坂井與宗助，因為書信盒結下了意外的緣份。之前每個月都是由阿清把房租送過去，對方出面收下，只有這種程度的交涉，因此就跟崖上住著西洋人一樣，完全不存在敦親睦鄰的交情。

宗助送還書信盒的那天下午，正如坂井所言，刑警來到宗助家的後面檢查崖下，當時坂井也跟來了，因此阿米這才頭一次見到聞名已久的房東的廬山真面目。本以為對方沒鬍子，結果不僅有鬍子，對自己說話的態度也格外客氣，令阿米有點意外。

「老公，坂井先生其實還是有鬍子耶。」宗助回來時，阿米特地如此強調。

之後又過了二天，女傭拿著附帶坂井名片的豪華點心盒前來道謝，並且表示之前也承蒙諸多照顧深表感謝，改日主人會親自登門拜訪。女傭如此說完才離開。

那晚宗助打開收到的點心盒，一邊吃著雞蛋糕，一邊說：

「看他送這樣的禮物，可見應該沒那麼吝嗇。說他不讓別家小孩盪鞦韆應該也是莫須有的傳言吧。」阿米聽了也替坂井辯護，

「那肯定是謠言。」

夫妻倆和坂井，似乎比起遭小偷前多了幾分親密度，但是宗助的腦中和阿米的

心裡都沒有要更進一步接近對方的念頭。若就利害關係盤算自然不消說，即便單就鄰居來往或情誼這點看來，他們也沒有更進一步的勇氣。如果大自然就這樣驅使無為的歲月，在不久的將來坂井肯定還是原來的坂井，宗助也依舊是原先的宗助，一如崖上與崖下隔著彼此的房屋，彼此的心靈也相距迢遙。

然而又過了二天之後，就在第三天的傍晚，坂井穿著領口綴有獺毛看起來就很暖和的外套，突然拜訪宗助家。沒想到會有客人在晚間上門的夫妻，驚訝得甚至有點輕微的狼狽，不過把客人請到客廳後，坂井客氣地為日前的事道謝，

「托兩位的福，失竊的物品又找回來了。」說著，他解開白色皺綢腰帶上纏繞的金鏈子，取出雙蓋的金錶給他們看。

按照規定雖然還是報警了，但那其實是很老舊的懷錶，所以坂井說就算被偷也不怎麼可惜，早已不抱希望，沒想到昨日突然收到寄件人不明的包裹，裡面居然就放著自己遺失的金錶。

「大概小偷也不知該怎麼處理吧。東西又不值錢，所以只好還給我。畢竟這很稀奇。」坂井說著笑了。然後，

「照我說來，其實那個書信盒才是重要的東西。據說那是我奶奶以前在宮廷伺候時得到的賞賜，說來頗有紀念價值。」坂井也如此向他們說明。

那晚坂井就這樣聊了約莫二小時才走，陪客的宗助，以及躲在起居室旁聽的阿米，不得不一致認同此人有相當豐富的談話題材。事後，

「他見過很多世面耶。」阿米如此評價。

「因為他太閒了。」宗助解釋。

次日宗助下班回來，下了電車來到橫街的舊貨店前，又瞄到坂井那件領子綴有獺毛的外套。坂井的側臉對著馬路，正在跟老闆說話。老闆戴著大眼鏡，從下方仰望坂井的臉。宗助覺得這不是打招呼的好時機，於是打算直接走過去，當他走到舊貨店正面時，坂井的視線正好瞥向馬路。

「哎呀，昨晚打擾了。您現在剛下班？」被他隨口這麼一喊，宗助也不好意思冷漠地直接離開，只好稍微放慢步伐摘下帽子致意。結果坂井好像已談完事情，從店裡出來。

「您要買東西嗎？」宗助問。

「哪裡，沒事。」坂井只是這麼回答，與宗助並肩朝回家的方向邁步。走了十幾公尺後，

「那個老頭子相當狡猾。他拿華山[16]的贗品來，非要強迫推銷，所以我剛才正在罵他。」坂井開口說。宗助這才發現，坂井也把有錢人共通的附庸風雅當成一種娛樂。然後他也在心裡暗忖，早知如此還不如把上次賣掉的抱一屏風先拿給這種人瞧瞧。

「那傢伙對書畫很內行嗎？」

「別說是書畫了，他根本什麼都不懂。看他那間店的樣子也知道吧。裡面沒有任何看似古董的東西。他本來就是靠收破爛起家才搞出那番規模。」

坂井很了解舊貨店老闆的底細。根據經常出入他家的蔬果店老闆所言，坂井家在舊幕府時代自稱某某城守，在這一帶據說是最古老的世家名門。好像也曾聽說，幕府瓦解時，坂井家沒有撤退到駿府[17]或者撤退了又出來云云，但那在宗助的腦中

16 渡邊華山（1793-1841），江戶後期的畫家，吸收西洋畫的技法奠立寫實的畫風。
17 駿府亦稱府中，即現在的靜岡市。

並未留下清晰的印象。

「從小就調皮搗蛋。那傢伙變成孩子王還經常帶著我們去打架呢。」坂井甚至不慎透漏了彼此的兒時往事。宗助問他，那麼老闆又怎會企圖把華山的贗品賣給他，坂井笑著說明，

「因為從我父親那一代就是他的老主顧，所以他不時會送點東西來。但他沒有好眼力，只知道貪心，所以實在很難纏。況且上次我買了他的抱一屏風，令他食髓知味。」

宗助大吃一驚。但是對方說到一半也不便打斷，因此只能保持沉默。坂井說舊貨店老闆從此就得寸進尺，把自己也不懂的書畫類頻頻送上門，還把大阪那邊製造的高麗陶瓷當成古董，煞有其事地放在顯眼之處。

「總之在他那種地方，頂多只能買到廚房用的餐桌或者換個新水壺。」坂井說。

之後二人走到坡上，坂井要在那裡右轉，而宗助必須從那裡走下去。宗助很想再和他多走一段路，趁機打聽屏風的事，但他隨即想到特地繞路看起來也很奇怪，只好就此分手。臨別時，他問：

「近日之內我可以再去府上拜訪嗎？」坂井爽快地回答：

「歡迎之至。」

那天沒有風，只有烈日當空，但是阿米聲稱在家會感到寒冷徹骨，特地把宗助的和服搭在暖桌上，然後把暖桌放在房間中央，等候丈夫歸來。

進入冬天後，今天還是頭一次在白天就擺出暖桌。夜晚當然早已開始使用，不過每次都是放在三坪房間。

「今天是怎麼了？居然在客廳中央放那種東西。」

「反正也沒有客人，應該沒關係吧？因為三坪房間有小六在，已經擺不下了。」

宗助這才想起小六已經搬來自己家中了。他在襯衣外面套上已經烘熱的棉織外套，纏繞腰帶一邊說：

「這一帶很冷，所以不放上暖桌簡直熬不過去。」變成小六房間的三坪，榻榻米雖然不夠乾淨，但是面向南方與東方，是家中最溫暖的房間。

宗助拿起阿米倒的熱茶喝了二口，

「小六在嗎？」他問。小六應該在。但是三坪房間悄然無聲不像有人在。阿米想起身去喊他，但宗助卻阻止她說反正也沒事不用去了，之後宗助鑽進暖桌的蓋被，立刻躺平。在面對著山崖的客廳裡，暮色早已降臨。宗助枕著雙臂什麼也沒想，只是默默眺望這昏暗狹窄的景色。這時阿米與阿清在廚房工作的聲音，聽來就像與自己毫無關係的鄰居在活動。不久，唯有拉門的朦朧白影映現在宗助的眼中，屋內已一片黑暗。但他還是文風不動。也沒有出聲催促妻子點亮油燈。

當他終於走出暗處，在晚餐的餐桌前坐下時，小六也從三坪房間出來坐在哥哥的對面。阿米說她一忙就忘了，急忙起身去關上客廳的門。宗助本想提醒弟弟到了傍晚應該主動點亮油燈或關門，稍微幫一下忙碌的嫂子，但是弟弟這兩天才剛搬來，他覺得講得太嚴厲令弟弟難堪也不好，而因此作罷。

等候阿米從客廳回來，兄弟倆這才開動。這時宗助終於把今天下班時在舊貨店前遇到坂井，以及坂井從那個戴著大眼鏡的舊貨店老闆手裡買了抱一屏風的事說出來。阿米聽完嚷了一聲「哎喲」。然後盯著宗助的臉看了一會。

「一定就是那個。一定是那樣不會錯。」

小六起初沒插嘴，但是聽著哥哥夫妻的對話，大致明白了來龍去脈，

「到底賣了多少錢？」他問。阿米回答之前先看了一下丈夫。

吃完飯，小六立刻回房間去了。宗助又窩回暖桌。過了一會，阿米也坐下來暖腳。然後夫妻倆討論下個星期六或星期天是否該去坂井家看一下屏風。

到了下一個星期天，宗助照例貪圖一週一次的賴床機會，白白浪費了整個上午。阿米也說頭很沉重，倚靠在火盆邊，看起來懶得做任何事。這種時候如果三坪房間沒人住，就有地方可以一早躲進去了。想到這裡，宗助把那間三坪房間讓給小六，等於間接剝奪了阿米的避難所，因此宗助感到格外愧疚。

縱使宗助勸她如果不舒服就去房間鋪開被子好好休息，阿米也怕耽誤自己該做的家事不肯答應。但他還是說不然就把暖桌擺出來，反正他也可以順便取暖，於是最後還是吩咐阿清把暖桌的木架子與蓋被搬到客廳。

小六在宗助起床前不久就出門了，今早甚至沒露面。宗助也沒有向阿米詢問弟弟的去向。最近他實在不忍心向阿米提起與小六有關的問題叫她回答。有時他甚至會想，阿米如果肯主動講弟弟的壞話，不管是要罵她或安撫她，反而還比較好解決。

到了下午阿米還是沒有離開暖桌。宗助覺得乾脆讓她安靜睡一覺對身體比較好，因此自己悄悄去廚房，告訴阿清他要去崖上的坂井家，在家居服外套上有袖子的斗篷就出門了。

或許是因為之前一直待在陰暗的室內，來到路上頓時感到心情豁然開朗。肌膚底下的肌肉抵禦寒風，彷彿暫時收縮似地萌生凜冽的冬天氣息，倒令他產生某種快感，因此宗助邊走邊想，阿米老是那樣待在家裡也不好，等天氣好一點，應該讓她呼吸一下戶外空氣，否則太不健康了。

走進坂井家的大門，他在區隔玄關與廚房出入口的那道樹籬，發現與冬天格格不入的紅色物品。走近仔細一看，原來是人偶穿的小睡衣。睡衣袖子還特地套在細竹上，倚靠扇骨木枝幹以免滑落，巧妙的心思一看就是女孩子做的，有點人小鬼大的味道。宗助本來就沒有養育小孩的經驗，遑論是會這樣惡作劇的小姑娘，因此他駐足看了一會這件小小的紅色睡衣狀若尋常地晾在日光下的模樣。然後他想起二十年前，父母為早夭的妹妹在女兒節擺出的紅色雛偶台與五人樂隊的小人偶，還有模樣美麗的乾點心，以及又甜又辣的白酒。

坂井家的主人在家，但據說正在用餐，因此讓他等候片刻。宗助一坐下，就聽見鄰室那些晾曬小睡衣的孩子在吵鬧。女傭拉開門端茶進來時，從拉門後面露出四隻大眼睛窺視宗助。女傭送火盆來時，背後又出現不同的臉孔。或許是因為宗助第一次進屋作客，每次紙門開關時露出的臉孔都不同，令人搞不清這家到底有多少小孩。最後女傭終於徹底退下，這次又有人把紙拉門稍微拉開一寸，從那縫隙之間露出發亮的黑眼睛。宗助也感到有趣，默默朝對方招手。於是拉門猛然關上，那頭響起三、四人的笑聲。

最後有一個女孩說：

「姊姊，我們再像平常一樣扮演阿姨玩遊戲吧。」結果似乎是做姊姊的人說明：

「好，今天是扮演西洋的阿姨。東作是父親所以叫做爹地，雪子演母親所以要喊媽咪喔。記住。」這時另一個聲音響起，

「真可笑，居然喊媽咪。」說完開心地笑了。

「可是我每次都是扮演祖母大人。祖母大人也該有個西洋名稱才對。祖母大人

要喊什麼？」有人問。

「祖母大人當然是奶奶。」姊姊再次說明。

之後好一陣子，他們頻頻交換「打擾了」、「您從哪兒來」之類的寒暄，期間還夾雜叮鈴鈴的假電話聲。一切在宗助聽來都非常快活且稀奇。

這時裡屋傳來腳步聲，好像是主人駕到了，但他一走進隔壁房間就喝斥：

「好了，你們別在這裡吵鬧。去別的地方玩。有客人在。」此時有人立刻接話：

「不要。爸爸，你如果不買大馬給我，我就不走。」聲音聽來是小男孩的聲音。許是因為年紀太小，口齒還不清晰，小孩就算想反駁也很辛苦地講了老半天。宗助覺得那特別有意思。

主人坐下後，為讓他久等的失禮道歉時，孩子們已走得遠遠的。

「府上可真熱鬧。」宗助說出自己剛才的誠實感想，但主人似乎把那個當成一種客套話，

「哪裡，如您所見，家裡亂得很。」他語帶辯解，但以此為開端，講了一堆照

顧小孩有多麼麻煩、多麼費事的經驗談。其中，小孩在美麗的中國花籃裝滿煤球放在壁龕當擺飾的滑稽，以及把房東的靴子裝滿水，在裡面放金魚的惡作劇，在宗助聽來都非常新鮮。不過，當坂井說到家裡女孩子多因此需要添置很多服裝，以及出去旅行二星期後回來一看，大家忽然都長高了一寸，感覺好像被人追著跑，再過不久不僅要忙著替女兒辦嫁妝，肯定也會一貧如洗云云，聽在沒小孩的宗助耳裡實在激不起太大的同情心。反而是坂井，嘴上雖嫌小孩煩，神色與態度卻看不出絲毫苦惱的樣子令他頗為羨慕。

宗助看時間差不多了，就向主人提出，能否參觀一下之前提到的屏風。主人立刻爽快答應，拍兩下手喚來傭人，命傭人將倉庫的屏風取來。接著他轉頭對宗助說，

「直到兩三天前還豎立在那裡，可是小孩子半是好玩地躲在屏風背後，做出種種惡作劇，我怕屏風要是弄出傷痕可就不得了，所以只好收起來。」

宗助聽到主人這番話時，覺得事到如今還大費周章要求人家取出屏風未免太過意不去，也是自找麻煩。老實說，他的好奇心並沒有那麼強烈。的確，東西一旦歸他人所有，不管本來是不是自己的，就算追究下去查出真相，實際上鐵定也不會有

任何結果。

但是屏風如宗助所請，沒過多久果真從後院沿著簷廊搬來，出現在他的眼前。而且果如預料，就是不久前還豎立在自家房間的東西。發現這個事實時，宗助的腦中並沒有產生太大的波動。他只是望著眼前豎立的這面屏風，被圍繞在自己現在坐的榻榻米顏色、天花板的花紋、壁龕的擺飾、拉門的花紋等等之中，然後，再把二名傭人合力自倉庫鄭重取出的舉動通通加在一起思考，比起被收藏在自己手裡時，屏風看起來的確成了昂貴十倍以上的高級品。他一時之間想不出該說什麼才好，只是不自覺在見慣的東西身上，投以並不算新奇的視線。

坂井誤以為宗助是具有一定程度的鑑賞家。站起來把手搭在屏風邊緣，來回審視宗助的面孔與屏風的畫面，但宗助始終不肯輕易做出批評，因此坂井只好自己開口，

「這是真貨，雖然出處可疑。」宗助只是說：

「原來如此。」

主人隨即繞到宗助的身後，用手指指點點，做出各種品評及說明。其中，也參

雜了許多宗助從未聽過，但一般人眾所皆知的事實，例如不愧是大名鼎鼎的畫家，毫不吝惜地使用好顏料就是這位畫家的特色，因此色彩非常美麗等等。

宗助看看時間差不多，鄭重道謝後回到原位。主人也在墊子上重新坐好。然後，房東又談起那句「野徑伴夜空……」的題詩和字體。在宗助看來，主人對書法及俳句都頗有興趣。他似乎是個對一切都頗有心得的男人，甚至令人好奇他到底是幾時在腦中儲存這麼多的知識。宗助自愧弗如，於是盡量不多話，只是專心傾聽對方的發言。

主人看到客人對這方面興趣不高，於是話題再次回到畫作。並且親切地提議，雖然自己手裡沒什麼好東西，如果有興趣，可以給宗助看看他收藏的畫帖與掛軸。宗助不得不推辭這番難得的好意。相對的，他先道聲不好意思，這才開口詢問坂井買這面屏風時花了多少錢。

「算是意外撿到寶貝。只花了八十圓。」主人立刻回答。

宗助坐在主人的面前，思忖到底該不該和盤托出關於這面屏風的一切，但他驀然醒悟，說出真相想必也別有一種樂趣，於是說其實是如此這般，把經過詳細說

出。主人不時插嘴以驚訝的語氣說：「噢？噢？」最後說，

「那您並不是喜歡書畫才特地來參觀囉。」對於自己的誤解，彷彿當成一樁有趣的經驗似地笑了出來。同時也說，早知如此，當初直接以同樣的價錢向宗助購買就好了，真可惜。最後他還狠狠痛罵橫街的舊貨店老闆，說那傢伙太不像話了。

從此，宗助與坂井因而變得非常親密。

十

佐伯舅媽和安之助後來再也沒有來過宗助家。宗助是本來就沒空去麴町，而且也沒那個興趣。雖是親戚，但二家人各自關起門來過自己的日子。

唯有小六不時過去拜訪，但是好像也不是那麼頻繁。而且他回來後，通常在阿米的面前絕口不提舅媽家的消息。阿米懷疑這是小六故意作對。但自己和佐伯家本來就沒有特殊的利害關係，因此聽不到舅媽的動靜反而讓阿米很高興。

不過，她不時也會從小六與宗助的對話聽到對方的情況。大約一週前，小六對

哥哥說，安之助又在苦心研發新發明的應用。據說那種機器不必借助油墨便可印製鮮明的印刷品，聽來似乎非常貴重。就話題的性質而言，也是與她毫無利害關係、非常深奧的東西，因此阿米照例沒有開口插話，但宗助是男人，似乎頗有幾分好奇心，追問小六為何不用油墨也能夠印刷。

沒有專業知識的小六，自然不可能給予嚴謹的答覆。他只是把他從安之助那裡聽來的訊息，就他記憶所及盡量做出仔細說明。小六說，這項印刷技術是英國近來發明的，根本上其實還是利用電力。把電力的一極與鉛字連結，另一極與紙面相連，再把那張紙壓在鉛字上，就能立刻完成。顏色通常是黑色，但是經過加工也可變成紅色或藍色，若是彩色印刷時，光是節省顏料晾乾的時間就非常寶貴，如果應用在報紙上，不僅可以節省油墨與滾筒的費用，整體而言，至少可以省下原先的四分之一功夫，因此是前途非常光明的事業。小六再次如此重述安之助的說詞。而且口氣聽來就好像那個光明的前途已被安之助握在手心。小六的兩眼發亮，彷彿在安之助前途光明的未來之中，蘊藏著自己同樣前途光明的影子。這時宗助以一如往常的態度，毋寧是沉穩地聆聽弟弟的敘述，但是聽完之後，他並未提出特別明顯的批評。實際上，這種發明在宗助看來，既像是真的，又像是假的，在它真正在世間普及之前，他無法贊成也無法反對。

「那麼鰹魚漁船的事業放棄了？」一直保持沉默的阿米，這時終於開口。

「不是放棄，只是那邊需要很多費用，因此就算再怎麼方便好用，好像也不是任何人都能製造的。」小六回答。小六的語氣頗有幾分像是在替安之助的利害得失代言。之後三人之間又交談了一會，最後，

「不管做什麼，終究都沒有那麼容易。」聽了宗助這句感想，以及阿米的那句「像坂井先生一樣，有錢四處玩樂才是最棒的。」小六又回自己房間去了。

雖然佐伯家的消息不時會透過這種機會傳入夫妻倆的耳中，但除此之外，彼此多半都不知道對方到底是怎麼過日子。

有一次，阿米對宗助提出這樣的疑問：

「小六每次去找安先生時，該不會還拿到了零用錢吧？」

之前對於小六並沒有太注意的宗助，突然聽到這個疑問，當下反問：「妳怎會這麼問。」阿米逡巡半晌後，

「因為最近小六經常喝了酒才回來喔。」她提醒丈夫。

「小安講起那些發明及賺錢的話題時，說不定為了感謝聽眾捧場，會請他喝一杯吧。」宗助說著笑了。對話就此結束沒有再繼續。

到了第三天傍晚，小六又錯過了吃飯時間沒回來。他們等了一會，最後宗助說肚子餓，阿米回答要不然你先去澡堂，把吃飯時間延後？但宗助不理睬阿米對小六的顧忌，逕自開始用餐。這時阿米對丈夫提出：

「你能不能勸勸小六別再喝酒了？」

「他已經喝到那種必須勸誡的地步了？」宗助露出有點意外的神色。

阿米不得不替小六辯護說其實也沒那麼嚴重。只是白天誰也不在家時，看到小六滿臉通紅回來會很不安。宗助就此擱置不提。但在他心裡，也開始懷疑小六是否真如阿米所言，在哪借了錢或向人家伸手要錢，明明不愛喝酒卻故意酗酒。

之後日子慢慢到了年底，夜晚已占據世界的三分之二。每天都在颳風。光是聽到那個聲音，便給生活帶來陰鬱的味道。小六實在受不了整天窩在三坪陋室。越是冷靜下來仔細思考，就越感到寂寞，簡直快要發瘋。去起居室和嫂子說話更煩。他只好出門，然後挨家挨戶拜訪朋友。起初朋友就像對待平時的小六那樣，滔滔不絕地聊些年輕學生愛說的好笑趣聞。但是在這種話題說完後，小六還是繼續上門。最後朋友批評小六只是在過度無聊下跑來串門子，沉溺於那些老生常談。於是朋友偶爾也做出忙著學校的預習及研究分身乏術的樣子拒絕小六。被朋友看成悠哉的懶惰鬼的小六非常不高興，但是若要待在家裡，不管是讀書或思索他都做不到。簡而言之對於他這個年紀的青年，在即將邁入成年人的階段本來該學習的、該努力的，受到內心的動搖與外在的束縛影響，他已經完全無能為力了。

不過等到冷雨滂沱，雪融的道路變得異常泥濘時，每次出門衣服都會弄濕、腳上沾滿乾涸的泥巴實在太麻煩了，就算是小六，有時也只好打消外出的念頭。這種日子，他看起來非常困擾，不時走出三坪房間，慢吞吞在火盆旁坐下倒茶喝。而且如果阿米也在，說不定還會閒話家常聊上幾句。

「小六愛喝酒？」阿米曾經這麼問過。

「馬上就是正月新年了。你的年糕湯要吃幾塊年糕？」她也曾這麼問過。

這種情況出現的次數多了，二人之間的距離自然逐漸拉近。最後，小六也變得比較主動，會跟阿米說「嫂子這裡幫我縫補一下」這種請求了。而且當阿米接下絲綢大褂，替他縫補袖口脫線的地方時，小六就無所事事地坐在一旁，盯著阿米的手。這若是丈夫，不管看多久阿米都可以默默照樣動針線，但當對方是小六時，以她的性格，自然不可能任由氣氛冷場。所以這種時候她會努力找話說，至於動不動就會出現在小六口中的話題，當然還是對他的未來該怎麼辦的憂心。

「可是小六你不是還年輕嗎？不管做什麼，今後才要開始呢。應該這麼悲觀的，是你哥哥才對。」

阿米這麼安慰過二次。到了第三次，

「等到明年，安先生那邊是不是手頭就會比較寬裕，可以資助你了？」她問。

小六這時露出不確定的表情，

「安哥的計畫，如果真的如他所說進展順利，資助我當然沒問題，但我越想越覺得，他好像有點靠不住。因為鰹魚漁船似乎也賺不到什麼錢。」小六說。

阿米看著小六失落的模樣，暗自把這時的他拿來與那個不時帶著酒氣歸來，似乎隱含殺氣，而且令人不明白到底在憤怒什麼只是滿腹牢騷的小六相比較後，心裡多少有點同情他，也覺得有點好笑。在那一刻，阿米流露出絕非敷衍他的誠懇同情：

「就是說啊。你哥哥如果有錢，就可以盡量幫助你了。」

就在那天傍晚，小六又披上斗篷冒著寒風出門，直到八點多才回來，然後當著哥哥夫妻的面前，從袖子取出白色細長的袋子，他說天氣冷想吃蕎麥麵疙瘩，去佐伯家拜訪後回程特地買來的。當阿米去燒水時，他說要幫忙弄高湯，還在旁邊刨柴魚片。

這時宗助夫妻得知的最新消息是，安之助的婚事必須延後到明年春天。這樁婚事是安之助畢業不久就安排的，在小六自房州歸來，被舅媽斷絕學費資助時，婚事已談得差不多了。因為一直沒收到正式通知，所以宗助完全不知道是什麼時候敲定的，只是透過不時去佐伯家聽到消息的小六，猜測安之助應該會在年底之前舉行婚禮。另外，同樣也是透過小六聽說，新娘子的父親是公司職員，家境很富裕，念的學校是女學館[18]，家裡有許多兄弟姊妹。看過照片知道長相的只有小六。

「漂亮嗎？」阿米曾這麼問過。

「算是不錯吧。」小六回答。

那晚，在吃蕎麥麵疙瘩時，佐伯家為何不趕在年底之前辦完婚禮成了三人的主要話題。阿米猜測或許是風水的方位不吉。宗助認為應該是行程太緊湊來不及籌備。唯有小六，難得說出通曉世故的感想：

「好像還是出於物質上的必要。畢竟對方聽起來是有錢人家，舅媽這邊大概也不好意思把婚禮辦得太簡單吧。」

十一

阿米開始有頭暈眼花的毛病，是在秋天過了一半，紅葉轉為暗褐色枯萎時。撇開在京都時不談，無論在廣島或福岡，阿米都不曾有過健康的生活，若就這點而言，回到東京後，同樣不算幸福。這個女人越來越懷疑故鄉的水土是否與自己的脾性不合，有一陣子甚至頗為苦惱。

18 東京女學館與學習院女學部齊名，都是名門閨秀就讀的名校。

最近那種問題總算漸漸消失，擔心宗助的機會，也降至一年頂多幾次，宗助是在公家單位上班，阿米可以趁丈夫不在家的期間安心打發時間。因此這年的秋天結束，吹過薄霜的風冷冷刮過肌膚時，就算又開始有點不舒服，阿米也沒怎麼放在心上。起初甚至沒有告訴宗助。後來宗助發現了，勸她去看醫生，她也遲遲不肯同意。

這時小六搬來了。宗助觀察當時的阿米，妻子的體能狀態及精神狀況等等，當然是做丈夫的最了解，因此宗助也知道應該盡量避免增加人口讓家裡太混雜，可是迫於無奈，除了順其自然，沒有別的辦法。他只能在口頭上提出阿米應該盡量靜養這個矛盾的建議。阿米聽了只是微笑，

「我沒事啦。」她說。

聽到這個回答時，宗助反而更無法安心了。但不可思議的是，自從小六搬來後，阿米的心情一直很興奮。似乎是覺得自己身上多了一點責任，因此心裡很緊張，反而比起平時更勤快地照料丈夫與小六。小六完全沒發現阿米的那種心情，但在宗助看來，他很清楚阿米比起平時是多麼努力。宗助在心裡對這個細心周到的妻

子抱著一股新的感謝，同時也擔心妻子這麼賣力，會不會又再次引發影響身體健康的騷動。

不幸的是，宗助的這種擔心，到了這年十二月的二十日後，突然成為事實，彷彿預期中的恐懼終於點燃火苗，弄得他非常狼狽。那天的天氣陰霾，一早就烏雲密布，凝重的寒意整天壓在人們的頭上。阿米前一晚又失眠了，她抱著失眠的腦袋，勉強開始工作，雖然每次起身或晃動時，頭都有點痛，不過或許是因為有比較明亮的外界刺激分散注意力，比起動也不動地躺著只有頭腦特別清醒的那種疼痛，反而更容易熬過去。她覺得只要把丈夫送出門，過了一會肯定又會像平時一樣逐漸好轉，因此默默忍耐頭疼。不料宗助走後，彷彿是察覺自己的義務已告一段落，心情一放鬆，陰霾的天氣立刻開始進攻阿米的腦袋。眼看天空好似已凍結，待在家裡，寒氣不斷透過晦暗的紙拉門滲透進來，可是阿米的腦袋卻不停發熱。無可奈何，她只好再取出早上剛收起的被子，在房間鋪好被子躺下。但這樣還是很難受，於是她又讓阿清扭了一塊濕毛巾放在頭上。毛巾立刻變得溫熱，只好把洗臉盆放在枕畔不斷重新浸濕扭乾。

整個上午她就用這種治標不治本的辦法不停冷敷額頭，但是完全無效。阿米也沒有那麼大的毅力為了小六特地起床一起用餐，於是她吩咐阿清備妥午餐端去給小六，自己依舊躺在床上。然後，她把平時丈夫用的軟枕拿過來，換掉自己的硬枕頭。阿米甚至沒有精神像個女人一樣煩惱髮型有沒有塌掉。

小六從他的房間出來，稍微拉開紙門，窺探阿米的樣子，只見阿米朝壁龕的方向半側著身子，雙眼緊閉，小六或許以為她睡著了，一句話也沒說，又輕輕關上門。然後，他一個人占領大餐桌，頓時響起稀哩呼嚕扒茶泡飯的聲音。

到了下午二點左右，阿米終於昏昏沉沉睡著了，醒來時放在額上的濕毛巾已被烘熱到幾乎全乾。不過腦袋倒是稍微舒服一點了。但肩膀至背脊一帶又平添一種凝重感。阿米覺得如果不補充精力對身體不好，於是一個人起來吃了一點遲到的午餐。

「太太現在覺得怎麼樣？」阿清在伺候她的同時頻頻詢問。阿米已經好多了，因此讓阿清收起被子，而她倚靠著火盆，等待宗助歸來。

宗助準時下班回來。他描述神田的街上已插滿旗幟開始年底大拍賣，商店掛起

紅白雙色布幕還找來樂隊刺激買氣云云，說到最後，

「很熱鬧喔。不信妳去瞧瞧。搭乘電車去的話簡單得很。」他勸妻子。只見他滿臉通紅彷彿已被寒氣腐蝕。

阿米被宗助這樣勸慰時，忽然不忍訴說自己身體不舒服。事實上也沒有那麼痛苦。於是她做出一如往常蠻不在乎的表情，幫著丈夫換衣服，把換下的襯衫長褲折疊好，就這麼入夜了。

不料到了晚間快九點時，她突然對宗助說，身體有點不舒服想先去睡。因為之前還神色如常開開心心地在講話，宗助聽到她這麼說有點吃驚，但阿米保證並不嚴重，他這才安心下來立刻讓妻子去睡覺。

阿米鑽進被窩後，約有二十分鐘的時間，宗助就這麼聽著耳邊的鐵壺滾水聲，任由圓芯的油燈照亮靜夜。他想起明年度一般公務員要加薪的傳聞。也想到在加薪之前肯定會先進行人員裁減的流言。然後他懷疑自己會被列入哪一邊。宗助對於當初把自己弄來東京工作的杉原感到很遺憾，因為杉原現在依然只是個不在中央政府部門的課長。自從來到東京後，宗助很神奇地從未生過病。因此也沒有請過假。雖

然自他中途輟學後平時幾乎不看書，因此學問比不上旁人，但他的頭腦要勝任公家機關的工作還不成問題。

他將種種事情綜合考量後，在心裡斷定工作應該保得住。然後他以指甲前端輕敲水壺的邊緣。這時房間傳來阿米痛苦的呼喚：

「老公，你來一下。」他當下不由自主站起來。

來到房間一看，阿米皺著眉，右手按著自己的肩膀，上半身到胸口都露在被子外面。宗助幾乎是機械式地朝同一個地方伸出手。然後他把手覆蓋在阿米按著的那個地方，用力掐住她突起的骨頭。

「再後面一點。」阿米委屈地訴說。於是宗助不得不一而再、再而三地換位置，直至摸索到阿米指定的部位。他用手指一壓，發現阿米的頸部與肩膀之間略微靠近背後的地方像石頭一樣硬。阿米拜託他使出男人的力氣用力按壓。宗助的額頭冒汗。但縱使他已使出吃奶的力氣還是無法讓阿米滿意。

宗助記得老一輩的人素來有「肩充血」[19]的說法。小時候聽祖父講故事，據說某個武士騎馬趕往某處的途中，突然出現這種肩充血的症狀，於是武士立刻跳下馬，當場拔出小刀割開肩頭放血，這才勉強保住一命，那個故事現在清晰浮現在記憶的焦點。此刻宗助懷疑阿米也是這個毛病。然而是否該拿刀子割開肩膀的肉，他始終拿不定主意。

阿米的臉孔變得特別紅，連耳朵都紅通通。問她是否腦袋發熱，她痛苦地回答很熱。宗助大聲命令阿清拿冰袋裝冷水送來。不巧家裡沒有冰袋，阿清像早上一樣把毛巾泡在臉盆裡端來。阿清替阿米冷敷頭部時，宗助還是用力按住她的肩膀。不時問她有沒有好一點，但阿米還是低聲回答很痛苦。這下子宗助心慌意亂。本想一鼓作氣自己跑出去找醫生回來，卻又擔心家裡，終究一步也邁不出去。

「阿清，妳快去大馬路買冰袋順便叫醫生。現在時間還早，醫生應該還沒睡。」

阿清立刻站起來看看起居室的時鐘。

「現在九點十五分。」說著，她繞到廚房門口，正在窸窸窣窣找木屐，正好小六從外面回來了。他照例不向哥哥打招呼便要逕自回自己的房間，卻被宗助厲聲叫

19 肩充血（早打肩），肩膀突然充血疼痛。出現肩膀痠痛及心臟病發作、氣胸等症狀的疾病總稱。

住。小六杵在起居室有點躊躇，哥哥接著又繼續大聲喊他，他只好低聲回答，自拉門後面探出頭。他的臉上仍有酒氣未褪，眼圈泛紅。小六往房間裡一瞧，這才為之一驚，

「這是怎麼了？」他的醉意似乎暫時嚇醒了。

宗助把之前命令阿清的話又對小六重複一遍，催他趕緊去。小六連斗篷也沒脫下，立刻轉身去玄關。

「哥哥，出去找醫生的話就算盡量趕路還是得耗費一段時間，不如向坂井先生借電話，直接請醫生趕來吧。」

「好，就這麼辦。」宗助回答。然後在小六回來之前，一再讓阿清更換臉盆的清水，自己拼命壓住阿米的肩膀替她按摩。束手無策地眼睜睜看著阿米痛苦令他很難受，所以他只能用這種方式排解心情。

對於這時的宗助而言，再沒有比翹首等候醫生到來更煎熬的時刻。他一邊按摩阿米的肩膀，同時頻頻留意門外的動靜。

當醫生終於趕來時，他覺得彷彿黎明終於來臨。醫生不愧是做這一行的，沒有

流露絲毫狼狽。他把小型公事包拉到一旁，態度從容不迫，就像對待慢性病人似地慢吞吞診察。許是因為在旁看到醫生那慢條斯理的神色，宗助忐忑不安的心情終於平靜。

醫生告訴宗助在局部貼上芥末膏、用濕布溫熱雙腳，還有用冰塊冷敷頭部等等應急措施。然後醫生自己攪拌芥末膏，貼在阿米的肩膀至頸根一帶。阿清與小六幫忙拿濕布。宗助負責把冰袋隔著毛巾放在她額上。

就這樣大約過了一小時。醫生表示要觀察一陣子，一直坐在阿米的枕邊。期間雖也有閒話家常，但大致上多半保持沉默，二人就這麼默默望著阿米。這個晚上照常靜靜地夜深了。

「夜裡可真冷。」醫生說。其實宗助對醫生有點過意不去，仔細聆聽醫生之前的注意事項之後，就直接請醫生離開。因為這時阿米已經比之前舒服多了。

「應該已經沒事了。我給您開一劑藥，今晚先吃吃看。我想吃了藥應該會睡著。」醫生交代完就走了。小六立刻跟著出去。

小六去拿藥時，阿米說：

「幾點了？」一邊仰望枕畔的宗助。和之前剛入夜時不同，她的臉頰毫無血色，被油燈照亮之處顯得格外蒼白。宗助覺得也許是因為黑髮凌亂，於是特地替她撩起鬢髮。然後問：

「好一點了吧？」

「對，舒服多了。」阿米露出一如往常的微笑。阿米通常在痛苦時也不忘對宗助展露微笑。起居室那邊，阿清正趴在桌上打呼。

「讓阿清去睡吧。」阿米懇求宗助。

等小六拿了藥回來，按照醫生的吩咐服藥時，已經快十二點了。之後不到二十分鐘病人就已呼呼大睡。

「狀況好多了。」宗助看著阿米的臉孔說。小六也望著嫂子看了一會，

「應該沒事了吧。」他回答。二人把冰袋從阿米的額頭取下。

之後小六回自己的房間去了。宗助在阿米身旁鋪床一如往常地就寢。五、六個小時之後，冬夜挾著尖錐似的冰霜豁然明亮。又過了一個小時後，染紅大地的太陽，已肆無忌憚地升上萬里無雲的晴空。阿米還在熟睡。

之後早餐也吃完了，終於到了上班的時刻。但是阿米毫無醒來的跡象。跪在枕邊，傾聽她深沉的鼾聲，思忖自己是該去上班還是請假。

十二

早上宗助在公家單位一如往常地處理事務，但是昨夜的情景不時浮現眼前，令他不禁憂慮阿米的病情，因此工作做得七零八落。有時甚至出現可笑的失誤。等到中午，宗助就乾脆跑回家了。

在電車上，他滿腦子都是樂觀的想像：阿米此時應該已經醒了吧，醒來後想必覺得舒服多了吧，想必不會再次發作了吧……和往常不同，今天是在乘客非常稀少的時間搭車，因此宗助幾乎完全沒必要在意周遭的刺激。於是他漫不經心地眺望自行在腦海浮現的幾幅畫面。不久電車來到終點站。

走到家門口，家裡悄然無聲，似乎沒人在。他拉開格子門，脫下鞋子，走進玄關，卻還是無人出來迎接。宗助沒有按照往日的習慣從簷廊走去起居室，而是立刻拉開紙拉門，走進阿米睡的房間。一看之下，阿米依然在睡覺。枕畔的朱漆托盤上放著散裝的藥袋與玻璃杯，杯中還剩一半的水，和早上一模一樣。阿米扭頭朝著壁龕的方向，稍微露出左臉頰與貼著芥末膏的脖頸那種模樣也和早上一樣。除了還在呼吸似乎和現實世界沒有任何交流的沉睡也一如早上所見。一切都和今早他出門時烙印腦海的情景毫無分別。宗助連外套也沒脫下，自上方彎身，聽了一會阿米的鼾聲。阿米看起來似乎不會輕易醒來。宗助屈指計算昨晚阿米服藥迄今已過了幾個小時。之後他終於面露不安。昨晚還擔心她會睡不著，但是目睹她這樣沉睡不醒，他開始思索這樣的睡法是否算異常。

宗助把手放到被子上輕搖阿米兩三下。阿米的頭髮鋪在枕上，宛如波浪起伏，但她依然沉睡不醒。宗助撇下阿米，從起居室去廚房。水槽的小桶中依然浸泡著沒洗的飯碗與漆碗。探頭朝女傭房一看，阿清在自己面前放著小餐盤，趴在飯鍋上睡著了。宗助又拉開小六的房門往裡瞧。小六也把被子蒙在頭上呼呼大睡。

宗助獨自換衣服，脫下的襯衫西褲，也沒有借助他人之手就自己折疊整齊收進壁櫥。然後他替火盆添火，準備燒開水。他倚靠火盆思考了兩三分鐘，最後站起來，先去叫小六起床。接著叫醒阿清。二人都嚇得跳起來。他向小六詢問阿米從今早到現在的狀況，小六說自己太睏了，所以上午十一點半左右吃完飯就睡了，不過到那時為止阿米也睡得很熟。

「你去找醫生。就說你嫂子昨晚吃藥之後就睡著了，到現在還沒有醒，問問看醫生這樣有沒有問題。」

「噢。」

小六簡單應答就走了。宗助又回到房間，仔細檢視阿米的臉。不叫醒她好像不太好，可是叫醒她又怕對身體不好，他抱著無法判斷的疑慮交抱雙臂沉思。

不久，小六就回來了，他說醫生正好要出門看診，他把原委說明後，醫生回答再去一兩家出診後就立刻過來。宗助反問小六，在醫生抵達前，難道就這麼放任不管也沒關係嗎？小六說醫生並未多做交代，因此宗助只好又像原先一樣動也不動地坐在枕邊。然後他在心裡感到，醫生和小六都太沒人情味了。他又想起在昨晚忙著照顧阿米時回到家的小六，當下更不愉快。小六喝酒的事，他是經過阿米的提醒才得知，後來他留心觀察弟弟的樣子，的確好像有點不正經，他也想過改天一定得好好規勸弟弟，但是讓阿米看到兄弟倆的臭臉也很可憐，所以到今天為止他一直刻意迴避不提。

「既然要說就趁阿米睡著的現在。現在的話，雙方就算發生爭執講了什麼難聽的話，也不會刺激到阿米的神經。」

雖然這麼想，但是看著阿米毫無知覺的臉孔，宗助又開始擔心她的身體，實在很想立刻把她叫醒，因此一時之間下不定決心拖拖拉拉。這時醫生總算趕來了。

醫生還是將昨晚那個公事包仔細拉到身旁，一邊慢吞吞地抽菸，一邊聽著宗助的敘述嗯、啊、噢地應聲，接著他說「那我檢查看看」，轉向阿米的方向。他像平時一樣測量病人的脈搏，長時間盯著自己的手錶。接著把黑色的聽診器放在阿米的心臟上。醫生細心地四處移動聽診器。最後取出有圓孔的反射鏡，叫宗助點亮蠟燭。宗助沒有蠟燭，於是命令阿清點亮油燈。醫生掰開沉睡的阿米的眼睛，仔細將反射鏡的光線集中在她的眼瞳深處。診察就此結束。

「藥效好像有點太強了。」醫生說著扭頭面對宗助，但是一看到宗助的眼神，連忙解釋：

「不過不用擔心。這種情況，如果發生不好的結果，一定會影響心臟或大腦，但就我剛才的觀察，病人在這二方面都毫無異狀。」宗助這下子總算安心了。醫生又說明自己用的安眠藥是比較新式的，在學理上，不像其他安眠藥那樣有害健康，而且藥效也視病人的體質，在程度上有相當大的差異。臨走時宗助問：

「那麼讓她這樣一直睡下去沒關係嗎？」醫生說如果沒有急事就沒必要叫醒她。

醫生走後，宗助忽然餓了。他來到起居室，之前燒的開水早已沸騰。他呼喚阿清命她端出膳食，阿清一臉困擾，回答還沒準備好任何吃的。距離晚餐時間的確還早。宗助輕鬆地在火盆旁盤腿而坐，嚼著醃蘿蔔乾一口氣扒了四碗熱開水泡飯。之後又過了三十分鐘左右，阿米自己醒來了。

十三

宗助想趁新年剪個新髮型，跨進久違的理髮院大門。許是因為正值年底的關係，店內客人很多，剪刀的聲音從兩三處同時喀擦喀擦響起。宗助剛剛才見識過大馬路上那些商家勉強熬過這種寒冬，一心只盼春天早日來臨的活動，因此那種剪刀聲，也化為異常忙碌的節奏敲打他的耳膜。

在暖爐旁抽菸等了一會，宗助感到自己彷彿被不容分說地捲入與自己無關的大型社會活動，不得不跟著過新年。眼看正月就要到了，他其實並沒有什麼新年新希望，卻還是不由自主在周遭的影響下，萌生有點興奮的心情。

阿米的病情總算穩定下來。宗助現在即使正常外出，也不用那麼擔心家裡的情況了。自家的過年準備工作和別人家比起來雖已算是清閑，但對阿米說來，肯定仍是一年一度的繁忙，因此宗助本來甚至已有心理準備這次的新年會偷工減料過得比往常更簡單，如今看到妻子彷彿起死回生的健康身影，就像可怕的悲劇暫時遠離一步似地撫胸慶幸。但那個悲劇不知哪天又會以某種形式籠罩自己一家人的模糊懸念，不時在他的腦中化為煙霧盤旋不去。

年底，眼看著好事的世人巴不得讓短暫的白天過得更快的倉皇模樣，宗助更加感受到這種模糊的恐懼。如果可以，他甚至希望自己一個人留在陰鬱晦暗的十二月。好不容易輪到自己理髮了，當他在冰冷的鏡中發現自己的身影時，他望著鏡子驀然思忖這個影子本來是什麼人。脖子以下被雪白的布料包裹，身上的衣服顏色和花紋也完全看不見。這時他又發現，理髮店老闆養小鳥的鳥籠，映現在鏡子的深處。小鳥在棲木上不時跳動。

不過當他的腦袋被塗上芳香的髮油，身後傳來熱情的道別聲，走出店門時，他還是有種清新感。宗助在冷空氣中自覺，聽從阿米的勸告來剪髮，居然還有令心情煥然一新的效果。

由於有自來水費的問題必須稍微詢問房東，因此宗助在回程時順路繞去坂井家一趟。女傭出來說這邊請，他還以為會被帶去每次待的那間客廳，沒想到經過客廳，直接被帶進起居室。這時起居室的門拉開二尺寬，從中傳來三、四人的笑聲。坂井家還是一樣熱鬧。

主人坐在光澤晶亮的長火盆對面。他的妻子則是坐在遠離火盆，靠近簷廊那頭的拉門，同樣是面對宗助。主人身後掛著被鑲嵌在細長黑框的壁鐘。時鐘的右邊是牆壁，左邊是矮櫃。在櫃子表面的拼貼圖案中可以辨認出拓印的字畫，還有俳句畫、扇面畫等等。

除了主人與妻子，還有二個穿著同樣花色的筒袖和服的女孩並肩而坐。一個年約十二、三歲，另一個約莫十歲。同樣有著大眼睛，緊盯著從紙門外走進來的宗助，二個女孩的眼睛和嘴角，都還明顯留有笑意方歇的影子。宗助本能地先環視室內一圈，發現除了這一家四口，還有一個奇怪的男人端正跪坐在最靠近入口的地方。

宗助坐下不到五分鐘就發現，之前的笑聲，是出自這個奇怪的男人與坂井一家的對話。男人有一頭彷彿風塵僕僕的褐髮，以及曬多了太陽一輩子都不會褪色的黝黑膚色。穿著陶瓷扣子的白色棉襯衫，手織鋪棉硬領的領口露出宛如錢包繩子的長條圓繩，顯然是屬於少有機會來到東京的遙遠山村居民。而且男人在這麼冷的天氣居然微露膝蓋，抽出塞在深藍色小倉腰帶後面的手巾擦拭鼻子底下。

「這人是從甲斐[20]背著布料專程來到東京賣的。」坂井先生如此介紹，男人朝宗助的方向打招呼：

「老爺，您也捧個場買塊布唄。」

原來如此，只見緞子、皺綢、白絹這些布料堆滿一地。宗助覺得此人的外型與言詞雖然滑稽，卻背著如此華貴的布料到處行走簡直令人不可思議。根據坂井太太的說明，這個織布工人住的村子都是無用的石頭地，無法栽種稻米或小米，據說只能種植桑樹養蠶，似乎非常貧窮。全村只有一戶人家擁有壁鐘，就讀高等小學的孩子也僅有三人。

「會寫字的，據說只有這個人。」坂井太太說著笑了。於是織布工人也一本正經地同意坂井太太的說詞，

「是真的，太太。能夠讀寫運算的，除了俺就沒第二個人了。實在是很慘的地方呐。」

織布工人把各式各樣的布料推到主人夫妻的面前，一再重複「捧場買一點吧」。如果跟他說太貴了，開出價錢叫他算便宜一點，他就會說「沒那種價錢啦」、「拜託幫幫忙照顧一下生意唄」或者「隨便挑一點也行唄」，所有的回答都帶有異樣的鄉巴佬味道。每次都逗得大家哈哈笑。主人夫妻看起來也很閒，於是抱

20 甲斐就是現在的山梨縣。

著好玩的心態一直逗織布工人說話。

「織布的，你這樣背著包袱出門，到了吃飯時間，總得用餐吧？」坂井太太問。

「不吃飯那怎麼行。肚子會餓扁。」

「那你都在什麼地方吃呢？」

「還能在什麼地方吃，當然是茶屋唄。」

主人笑著問他茶屋是什麼地方。織布工人說供應飯菜的地方就是茶屋。而且剛到東京時，他發現飯菜非常好吃，所以敞開肚皮大吃，結果一般的旅社都招架不住，如果一天三餐都在旅社吃，他怕太對不起人家。這番話一出又逗得大家哈哈笑。

最後織布工人賣了捻絲綢布和一匹夏季白絹布給坂井太太。宗助看到在這種歲末年底還有人買夏布，不禁感到有錢人果然就是不一樣。這時，主人勸宗助：

「怎麼樣，你要不要也順便買一塊料子？可以替尊夫人做件家居服。」

坂井太太也說趁這個機會先買起來，可以便宜幾成。然後織布工人還打包票說：

「什麼時候付款都行唄。」宗助最後決定替阿米買一匹較耐用的綢布。主人狠狠把價錢殺到三圓。織布工人答應打折後又說：

「這價錢真的太便宜了啦。俺都想哭了啦。」於是大家又笑了。

織布工人不管去何處，似乎都是使用這種粗鄙的言詞。他每天四處拜訪熟客推銷布料，背上的包袱也隨之漸漸變輕，最後只剩下深藍色的包袱巾與棉繩。那時正好舊曆新年也到了，於是他會先返回家鄉，在山中渡過古老的春天，然後再盡量背著夠多的新布料出門。到了養蠶忙碌的四月底至五月初，就把那些都換成錢，再次回到富士山北部那個滿地破石頭的小山村。

「來我家賣布也有四、五年了，每次看都是老樣子，一點也沒變。」坂井太太說。

「的確是個少見的男人。」主人也添加評語。這年頭只要三天沒出門就會發現街道不知幾時已拓寬，一天不看報就可能錯過電車開通的消息，所以這個山村男人一年來東京二次還能徹底維持他的本色，的確非常少見。宗助仔細觀察那男人的容貌及態度、服裝、遣詞用字，不禁萌生某種憐憫。

他辭別坂井，回家的途中，不時換手重新拿好抱在風衣底下的那包布料，同時那個以三圓廉價出售布料的男人身上粗糙的布料花紋、泛紅蓬亂的頭髮、乾燥粗硬的髮質，以及不知何故，頭髮在腦袋正中央明確中分的模樣，不斷浮現眼前。

待在家裡的阿米，總算縫好要給宗助穿的春季外套，把衣服放在坐墊底下，自己坐在上面壓平代替熨斗。

「你今晚就睡在這上面再壓一壓。」說著，阿米回頭看宗助。從丈夫那裡聽說造訪坂井家的甲斐男人的故事時，阿米果然也放聲大笑。而且她拿著宗助帶回來的布料，對花色及布料質地百看不厭，滿口嚷著好便宜、好便宜，這塊料子的品質的確非常好。

「賣這麼便宜怎麼划算？」最後她問。

「沒事，是在中間轉了一手的和服店賺太多錢了。」宗助根據這匹布料推斷，做出好像很了解那一行的答覆。

夫妻的話題由此轉向坂井家的富裕生活，以及他們沒有因為富裕就讓橫街的舊貨店意外狠撈一筆，反而不時會用低價撿便宜，向這種織布工人購買暫時用不到的

東西，最後話題落到坂井家有多麼快活、熱鬧的情景。宗助這時忽然語氣一轉，

「其實不光是因為有錢。家裡孩子多也是個原因。只要有孩子，即便是貧窮的家庭也會很熱鬧。」他如此提醒阿米。

那種說話方式，在阿米聽來，多少有點對自己二人寂寞的生涯自嘲的苦澀語氣，因此阿米不禁放開膝上的布料看著丈夫的臉。宗助從坂井家買來的布料，很符合阿米的喜好，所以他滿心只覺得很久沒這樣討得妻子歡心了，壓根沒注意到那個。阿米也只是看了一下宗助，當場並未說什麼。但阿米其實只是故意暫時不提那個話題，直到入夜後到了就寢時間。

二人一如往常在十點多上床，看準丈夫還沒睡著，阿米終於對宗助開口了。

「之前你說家裡沒有小孩很冷清不太好是吧？」

宗助記得的確就一般而言提過類似的說法。但那並非針對自己夫妻之間的問題，為了提醒阿米才刻意說出那種觀察感想，所以此刻被阿米鄭重質問，他感到非常困擾。

「我又不是說咱們家。」

阿米聽到他的回答後沉默片刻。

「可是你就是一直覺得家裡很冷清，才會脫口說出那種話吧？」她重複與之前差不多的質問。宗助本來的想法是要坦承不諱。但他怕阿米多心，不敢那樣明確地坦承。為了讓大病初癒的妻子不再耗費心力，他覺得還是把那個當成玩笑話一笑置之比較好，

「若說冷清，的確有那麼一點冷清喔。」他語氣一轉刻意活潑地說，但說到這裡就卡住了，一時之間想出新的說詞也想不到有趣的說法。無奈之下，

「算了。妳別擔心。」他說。阿米還是沒回答。

宗助想換個話題，

「昨晚也發生火災了。」

他開始聊起閒話。這時阿米忽然委屈地半帶辯解說，

「其實我是覺得對不起你。」然後就此陷入沉默。油燈一如往常放在壁龕上。阿米背對燈光，因此宗助看不到她臉上的表情，但她的聲音似乎帶有一點淚意。之前一直仰臉注視天花板的他，當下扭頭看妻子。然後定定眺望阿米化為暗影的臉

孔。阿米也在黑暗中定睛凝視宗助。

「我老早就想向你坦承一切好好認罪，可是始終開不了口，所以一直拖著沒說。」接著她斷斷續續說。宗助聽不懂這是什麼意思。他覺得妻子或許又有點歇斯底里，但是又無法全然確定，因此茫然了一會。這時阿米用絕望的語氣說：

「我根本生不出孩子。」她說完就哭了。

宗助不知該如何勸慰這可憐的自白，同時也對阿米萌生強烈的憐憫。

「沒有小孩又有什麼關係。不信妳像崖上的坂井家那樣生一大堆小孩試試，在旁人看來才可憐呢。簡直像是幼稚園。」

「可是如果一個孩子也生不出來，你肯定也不開心吧？」

「又還沒確定真的生不出來。說不定今後就會有了。」

阿米又哭了。宗助束手無策，只能穩重地等待妻子的發作平息。然後，慢慢傾聽阿米的說明。

夫妻倆在感情方面，雖然遠比別的夫妻更恩愛，在生兒育女這方面卻比一般鄰人更不幸。若是一開始就無法孕育種子也就算了，問題是已經懷孕了卻又中途失去，因此更加深了不幸之感。

第一次懷孕，是在二人離開京都在廣島建立清貧的小家庭時。確定懷孕時，這個嶄新的經驗，令阿米對於未來的展望又喜又懼。宗助也將這個喜訊視為肉眼看不見的愛情結晶被賦予一種明確形狀的事實，因此非常高興。他屈指計算這灌注了自己生命的小肉團呱呱落地的日子，翹首以待。不料胎兒一反夫妻的期待，在五個月時突然流產。當時夫妻倆的生活是無窮無盡的艱苦歲月。宗助望著流產的阿米蒼白的面孔，判斷流產想必是持家太辛苦所致。而愛情的結晶被貧窮擊垮，未能擁有多久便夭折令他深感遺憾。阿米只是不斷哭泣。

遷居福岡後不久，阿米又開始愛吃酸的。聽說一旦有過流產記錄就會變成慣性，因此阿米非常注意，一舉一動都很小心。或也因此，過程非常順利，但是不知何故，同樣還是毫無原因地不足月份就早產了。產婆百思不解，勸他們去看醫生。給醫生看過後，醫生說嬰兒尚未發育完全，必須將室內維持一定的溫度，晝夜保持恆溫，以人工的方式溫暖嬰兒。以宗助的經濟能力，光是要在室內安裝暖爐設備都不容易。夫妻倆在時間與能力的許可範圍內盡了最大努力，一心一意守護嬰兒的生

命。然而一切終歸徒勞。一星期後，擁有二人血脈的愛情結晶終於變得冰冷。阿米抱著嬰兒的遺體，

「怎麼辦？」她啜泣。

宗助拿出男人的氣概承受二度打擊。眼看冰冷的肉體化為灰燼，那灰燼又與黑土混合，期間他始終沒有一句怨言。之後，夾在二人之間的陰影不知不覺逐漸遠去，終而消失。

然後是第三次的記憶來臨。宗助遷往東京的第一年，阿米又懷孕了。阿米剛到東京時，身體非常虛弱，她自己當然不消說，宗助也非常擔心，兩人都下定決心這次一定要保住孩子，因此緊繃的日子平安無事地度過。不料到了懷孕滿五個月的那天，阿米又出事了。當時還沒有安裝自來水管線，所以早晚都是女傭去水井打水或洗衣。阿米那天有事要交代在屋後的女傭，走到放在水井旁的臉盆邊講話，順手要把水管拿到對面時，不小心一屁股坐倒在長滿青苔的潮濕板子上。阿米以為這次又搞砸了，但是她對自己的粗心大意很羞愧，一直不敢告訴宗助這件事。直到過了一陣子阿米確定這次的滑倒並未影響胎兒的發育，因此對自己的身體也沒有產生任何

異狀時，她總算安心了，這才把之前的過失告訴宗助。宗助本來就沒有怪罪妻子之意。只是心平氣和地提醒她：

「不小心一點會很危險喔。」

就這樣終於懷胎十月。眼看到了即將臨盆的日子，宗助即便去上班，也不斷擔心阿米。回家時總是站在自家的格子門前，一逕擔憂今天該不會在自己外出時已經生了吧。接著如果沒聽到預期中的嬰兒哭聲，反而又懷疑是發生了什麼變故，當下急忙衝進家中，對自己的粗心自覺羞愧。

幸好阿米是在宗助沒有外出的深夜開始陣痛，因此宗助可以在旁照顧，就這點看來時機倒是選得很好。產婆也從容趕到，脫脂棉及其他一應準備也悉數周全。生產過程也意外順利。但是最重要的嬰兒，雖然逃離子宮來到寬敞的世界，卻一口也沒有呼吸過世間的空氣。產婆拿出看似細小玻璃管的東西，插入嬰兒的小嘴不斷用力吹氣，可惜完全無效。生下來的只是一團死肉。夫妻倆茫然審視小肉團上刻畫的眼睛鼻子與嘴巴。但是終究未能聽到那個小咽喉發出聲音。

產婆在阿米生產的一星期之前就來過，甚至細心聽過胎兒的心跳，當時還保證胎兒非常健全。好吧，就算產婆說錯了，腹中胎兒的發育之前就在哪兒停止了，但死胎如果沒有立刻取出，母體不可能平安撐到今天。宗助慢慢再調查之下，赫然發現自己過去從未聽說的事實，不禁大為驚恐。原來胎兒直到出生之前都還是健康的。可惜被臍帶繞頸，也就是俗話所說的胞衣勒住脖子。這種異常的情況，本來就只能靠產婆的技術克服，若是有經驗的產婆，取出胎兒時，應該會把纏在脖子上的胞衣巧妙解開。宗助請來的這位產婆年紀已經很大了，當然對這種事頗有心得。但是纏繞胎兒頸部的臍帶，很不巧地不只一圈。纏繞細小咽喉二圈的胞衣，在通過母體窄小的產道時沒有順利解開，因此嬰兒被勒住氣管窒息身亡。

產婆當然有錯。但是一半以上是阿米的責任。臍帶繞頸的症狀，早在阿米五個月前在井邊滑倒摔痛屁股時就已釀成。阿米產後坐月子時得知事情真相，只是輕輕點頭什麼也沒說。然後，她那疲憊得有點凹陷的眼睛泛出水光，長睫毛頻頻顫動。宗助一邊安慰她，一邊拿手帕抹去她臉頰滑過的淚水。

這就是夫妻倆關於孩子的過去。嘗過這種苦澀經驗的他們，從此不太喜歡談論幼兒。然而二人的生活裡層，已被這段記憶渲染寂寞的色彩，似乎無法輕易剝除了。有時，他們甚至會透過彼此的笑聲，在對方的心頭隱約映現這個裡層的暗影。因此，阿米也沒想到自己此刻會對丈夫重新提起過往的歷史。宗助也絲毫不認為事到如今妻子還有必要問那種問題。

然而，阿米要向丈夫坦承的，不是關於二人本就知道的事實。她第三次失去胎兒時，從丈夫口中聽說當時的經過，深感自己是個殘酷的母親。儘管不是自己親自下手，但是如果換個角度看，自己在黑暗與光明之間無所作為地等待，因此剝奪了親生骨肉的生命，這和親手扼殺其實沒什麼不同。如此解釋時，阿米不能不將自己視為犯下滔天大罪的惡棍。於是她在無人知曉的情況下受到意外的良心苛責。而且在這世上，沒有任何人能夠理解那種苛責陪她一同受苦。阿米甚至在丈夫面前都沒有訴說過這種痛苦。

當時她就像普通的產婦在床上躺了三週。那對身體來說肯定是極為安靜的三週。同時，對心靈而言也是不得不忍耐的可怕三週。宗助替夭折的孩子做了小小的棺木，不惹人注目地悄悄辦了喪禮。而且，也替死者做了小小的牌位。牌位上以黑漆寫著往生的法名。牌位的主人擁有法名。但是俗名連雙親都不知道。宗助起先把它放在起居室的櫃子上，下班回來之後就不斷焚香。那種線香的氣味不時飄入躺在三坪房間的阿米鼻中。她的感官當時就是變得如此敏銳。過了一陣子，宗助不知是怎麼想的，把小牌位收進櫃子抽屜的最底層。那個牌位和在福岡夭折的孩子的牌位，以及在東京過世的父親牌位，分別以棉花包裹仔細收藏。當初東京的房子脫手時，宗助把祖先的牌位一個不剩地全都打包帶走，但若是帶著牌位四處漂泊恐將不堪其擾，於是他只把父親的牌位收在行李中，其他的悉數寄放在寺廟。

阿米躺在床上將宗助的一切作為都看在眼裡聽在耳中。她仰臥在被子上，想像一根長長的因果報應的隱形絲線，把這二個小牌位互相連結。然後又把那根絲線繼續拉遠，最後牽繫到那個連牌位也沒有就已流產，打從一開始便沒有成形，宛如模糊影子的死胎身上。阿米在廣島與福岡與東京各留下一段記憶的底層，看出那無法動搖的命運殘酷的支配，當她醒悟那個在命運殘酷支配下度過幾星霜的自己，只是一個不可思議地一再重演同樣悲劇的母親時，每每總有詛咒聲在耳畔響起。她在生理上被迫躺臥床上享受那三週的安靜時，她的耳膜卻幾乎是晝夜不停地高唱這詛咒聲。三週的臥床靜養，對阿米而言其實是難以忍受的艱苦三週。

阿米就在枕上定睛審視一切，度過這痛苦的半個多月。到最後，再繼續勉強忍耐躺著已令她苦不堪言，於是護士前腳剛離開，翌日她已悄悄起床四處閒逛，但是心頭的不安，終究無法輕易排解。雖然勉強活動了無聊的身子，腦子卻絲毫不肯轉動，因此她再次失望，最後鑽進沒收拾的被窩，彷彿恨不得遠離人世，就此緊閉雙眼。

三週的時間轉眼過去了，阿米的身體自行好轉。她終於可以揮別臥榻，再次攬鏡自照煥然一新的眉睫。那正是換季的時節。阿米也脫下鋪棉的厚重衣物，清清爽爽地感受到肌膚清潔無垢的輕盈。在春夏交接時明媚妝點世間的日本風物，也為阿米寂寞的腦袋帶來幾分影響。然而，那也只是攪動起沉積的舊事，讓它重新浮現在熱鬧的天光之下罷了。在阿米晦暗的過去之中，彼時萌生了某種好奇心。

就在某個風和日麗的上午，阿米一如往常送宗助出門上班後，自己也立刻出門。已經到了女人出門必須打陽傘的季節，快步走在陽光下時額頭會隱隱冒汗。阿米走在路上，想起之前替換衣物時隨手拉開櫃子，不經意觸及藏在第一個抽屜最底層的新牌位，最後她走進某個算命師的大門。

她從小就有大多數文明人共通的迷信。但是平時那種迷信也像大多數文明人一樣，只不過抱著遊戲心態顯現於外。在現實生活的嚴肅層面出現那種迷信，不得不說是極為罕見的情形。阿米當時就是抱著嚴肅的態度與嚴肅的心情，在算命師的面前坐下，渴望知道老天爺是否賜予自己將來懷孕生子、並且將孩子撫養長大的命運。這位算命師和那種在街頭擺攤，只收一兩文錢便可替路人占卜吉凶的人看起來毫無分別，將算籌一一擺出，又搓揉算命的竹棍計算後，他仔細握住山羊鬍思考片刻，最後認真打量阿米的臉孔，

「妳命中注定無子。」算命師慢條斯理地宣告。

阿米默默無語，將算命師說的話在腦中仔細掰開思索了好一陣子。最後她抬起頭，

「為什麼？」她反問。

阿米以為算命師回答之前應該會再思考片刻。沒想到他筆直看著阿米的雙眼之間，不假思索地斷言：

「妳曾經做過對不起別人的事。所以這是報應，妳絕對不會有孩子。」

阿米覺得這句話射穿了自己的心臟。她怏怏垂首返家，那天晚上甚至不敢直視丈夫的面孔。

阿米迄今之所以一直沒對宗助坦白，就是因為這個算命師的鐵口直斷。在這個壁龕安放的油燈微光逐漸沉入夜色的寂靜夜晚，被蒙在鼓裡的宗助第一次從阿米口中聽到這件事時，自然很不高興。

「誰叫妳要在神經不正常時特地去那種荒謬的地方。花錢聽別人講那種莫名其妙的鬼話，豈不是太無聊了。後來妳還去找過那個算命師嗎？」

「我很害怕，所以再也不去了。」

「不去最好。一派胡言。」

宗助故意傲慢地回答後又睡了。

十四

宗助與阿米是對恩愛的夫妻。結縭至今已有六年，他們在這段漫長歲月中從不曾有半天嘔過氣。當然更沒有臉紅脖子粗地吵過架。二人從和服店買衣服穿。從米店買米吃。但在其他方面，他們很少仰賴一般社會。除了供給日常必需品，他們幾乎完全看不出社會有何必要存在。對他們而言絕對必要的只有彼此，只要有彼此，對他們來說便已足夠。他們是抱著隱居深山的心情住在都市。

就自然的趨勢而言，他們的生活勢必流於單調。在他們避開複雜的社會煩擾的同時，也自行斷絕了透過社會活動直接接觸各種經驗的機會，雖然住在都市，卻等於放棄了都市文明人的特權。他們也經常自覺自己的日常生活缺乏變化。雖然彼此壓根都沒有厭倦對方，也沒有任何不滿，但是對於彼此腦子裡的生活內容，彷彿潛藏著欠缺刺激的隱晦委屈。即便如此，他們還是每天在同樣的心口蓋下同樣的戳記，不厭其煩地度過冗長的時光，這並不是因為他們打從一開始就對一般社會喪失興趣。純粹只是因為社會徹底放棄了他們，冷漠地背離這二人。二人找不到向外生長的餘地，於是只好向內深深發展。他們的生活在失去廣度的同時，卻增加了深度。他們在這六年來沒有向社會尋求散漫的參與，卻用相同的六年歲月探索彼此的內心。他們的生命，曾幾何時已深入對方的最底層。二人在世人看來依然是二個個體。但在彼此看來，已成為道義上無法切割的一個有機體。構成二人精神的神經系統，直到最末端的纖維都是彼此纏繞而成。他們就像滴落在大水盤表面的二滴油。與其說二者濺起水花匯集到一個地方，毋寧該稱之為趁著濺起水花之勢，相依相偎變成一個圓，從此再也無法分離。

他們在這樣的契合中，兼具尋常夫妻身上難以發現的親密與滿足，以及隨之而來的倦怠。並且雖被那倦怠的慵懶所支配，卻唯獨沒忘記評價自己是幸福的。倦怠在他們的意識中拉起睡意的帷幕，有時的確令二人的愛情變得朦朧。但是彷彿被刷子沖刷神經般的不安，始終不曾出現。簡而言之他們是一對疏離社會但也因此格外恩愛的夫妻。

他們矢志不渝地日復一日過著比一般人更恩愛的生活，他們經常在不經意間互相對視，親自確認彼此渴求夫妻美滿的心情。在那種時刻，必然會回想起這些年恩愛度過的漫長時光，懷想當時二人是付出多大的犧牲才終於攜手建立家庭。他們戰慄著跪倒在大自然呈現在他們面前的可怕復仇之下。同時對於承受這種復仇換來的彼此幸福，也沒忘記向愛神獻上一瓣馨香。他們在鞭策之下勇敢赴死。但他們醒悟，在那鞭子的前端，沾有足以治癒一切的甘甜蜜汁。

宗助身為家中頗有資產的東京子弟，學生時代曾經肆無忌憚地享受過這些子弟共通的奢華嗜好。彼時他無論是服裝、動作、思想，悉數洋溢當代才子的氣質，昂首闊步在世間任何他想去的地方。一如他的雪白衣領，一如他的西裝褲腳整齊反折，一如底下露出的襪子是有花紋的喀什米爾羊毛材質，他的思想也是迎合奢華的世間。

他是個天生善於理解的男人，因此不太喜歡刻苦用功。他早就明白學問只不過是便於進入社會的手段，因此對於必須退離社會一步方可達到學者的地位，也不大感興趣。他只是按時去教室，像一般學生那樣寫滿許多筆記本。但是回到家後，他很少重讀或整理內容。甚至偷懶蹺課落下的功課多半就此放任不管。他在宿舍房間的桌上整齊堆滿這種筆記本，自己卻跑出這不管幾時看來都井然有序的書房，終日在外遊蕩。朋友多半羨慕他的心胸寬闊。宗助也很得意。他的未來就像彩虹，綺麗地照亮他的眼眸。

當時的宗助和現在不同，擁有許多朋友。老實說，映現在他輕快雙眼的所有人，幾乎一律都被他當成朋友。他是個不懂敵人為何物的樂天派，逍遙行走於年輕的世界。

「小意思，只要不擺出苦瓜臉，無論去哪都會受到歡迎。」他經常對同學安井這麼說。實際上，宗助的臉上的確從未出現令他人不快的凝重表情。

「那是因為你身體好當然無所謂。」經常生病的安井很羨慕他。這個安井的家鄉在越前[21]，但是長居橫濱，因此說話腔調與外型和東京人毫無分別。安井很愛打扮，習慣將長髮中分。雖然二人就讀不同的高等學校，但是在大學上課時經常比鄰而坐，事後還會不時追問自己沒聽清楚的地方，雙方因此有了交談，進而結為好友。那是在學年的開始，剛來到京都不久的宗助因此得到很大的幫助。他在安井的帶領下像喝酒一樣迅速吸收對這塊新土地的印象。二人每晚都在三條或四條這種熱鬧的街上漫步。不時也會穿過京極，站在橋中央眺望鴨川的水面，望著升到東山上的靜謐月亮，並且感到京都的月亮比東京的更大更圓。厭倦街頭與人潮時，他們就利用週六週日去遙遠的郊外。宗助喜歡所到之處皆有成片竹林綠意蔥籠的風景，也很欣賞松樹染色似的紅褐色樹幹返照日光蔚然成林的風情。有時他們會登上大悲閣[22]，站在即非[23]題字的匾額下方仰望，一邊聆聽行過谷底溪澗的搖槳聲。那個聲音很像雁啼，令二人都感到很有趣。有一次還跑去平八茶屋[24]，在那裡躺了一整天。並且把難吃的河魚成串插在竹籤上，讓老闆娘烤熟下酒。那個老闆娘頭上包著頭巾，穿著深藍色的綁腿褲。

宗助在這種嶄新的刺激下，暫時滿足了欲求。但是將古都的風情大致瀏覽過之後，一切漸漸顯得平板。這時他又開始感到不滿足，美麗的山光水色已不再像起初那樣在腦中留下鮮明的影像。他懷抱滿腔年輕的熱血，卻再也見不到足以冷卻那種熱度的幽深綠意。可是，他當然也沒有碰上足以燃燒這股熱情的激烈活動。他的血液加快，流過他莫名發癢的全身。他當胸交抱雙臂，坐望四方的山脈。然後他說，

「我已厭倦這種古老的地方了。」

21 越前，大約位於現在的福井縣。
22 大悲閣，位於京都嵐山山腹的千光寺內的觀音堂。
23 黃檗即非（1616-1671），江戶前期赴日的禪僧，擅長書法，號稱書道史上三大名家之一。
24 平八茶屋，位於京都比叡山麓的日本料理店。以河魚料理知名。

安井笑著把自己某個朋友的家鄉事告訴宗助以供比較。那是淨琉璃戲詞中「間有土山雨紛紛」[25]的知名旅館。從早上睜開眼到晚上睡覺，放眼所及除了山就沒別的，簡直像是住在大磨缽的底部，而且安井說，那個朋友小時候的經驗是，碰上五月梅雨時節，幼小的心靈簡直以為自己住的旅館浸泡在四面八方的山脈流下來的大量雨水中，整天提心吊膽。宗助認為再也沒有比在那種磨缽底部度過一生的人更悲慘的命運。

「那種地方，人類居然也活得下去。」他滿臉不可思議地對安井說。安井也笑了。然後轉述同樣是從朋友那裡聽來的軼聞：土山出身的人物當中，把千兩錢箱掉包遭到處死的人據說已是頭號大人物。厭倦狹小京都的宗助，為了打破單調的生活添加色彩，他甚至認為那種事一百年發生一次也是必要的。

當時宗助的眼睛永遠鎖定在新世界。所以在大自然輪番展現過一年四季的色彩後，已經沒必要再去觀賞繁花與紅葉以重溫去年的記憶。他一心只想把握當下轟轟烈烈地享受生命，因此自己生活的現在，以及今後將要生活的未來，才是當前的問題，至於即將消失的過去，和夢境一樣只不過是欠缺價值的幻影。他已看盡斑剝老舊的神社與寂寥的寺院，對於褪色的歷史，他幾乎失去轉頭回顧的勇氣。他的精神並未枯竭到只知徘徊於恍惚朦朧的往昔。

學年結束時，宗助與安井約好再碰面後就分手了。安井要先回家鄉福井，之後他打算去橫濱，所以他說屆時會寫信通知宗助，二人再盡量調整時間一起搭火車回京都。如果時間許可，路上還可以在興津一帶過夜，沿路遊覽清見寺[26]及三保的松原、九能山等地。宗助回答沒問題，心裡甚至已開始預想收到安井寫的明信片時的心情。

宗助回到東京時，父親的身體還很硬朗，小六仍是小孩子。呼吸著睽違一年的都市炎熱與煤煙，他反而感到欣喜。自高處眺望盤旋在灼熱的日光下幾欲發狂的屋頂瓦色連綿數百里的景色，他甚至感到這才是東京。若是現在的宗助或許會感到頭暈目眩的種種事物，在當時悉數在他的額頭烙印「壯闊」二字，反射性地浮現眼

25 土山是指滋賀縣甲賀郡土山町（現在的甲賀市）。當時是東海道鈴鹿嶺的重要據點。此句出自近松左衛門的淨琉璃《丹波与作待夜小室節》。

26 清見寺，位於靜岡市的巨鼇山清見興國禪寺。是俯瞰駿河灣的名勝景點。

前。

他的未來就像捲起的花苞，尚未綻放之前不僅他人不知道，自己也無法確定。宗助只覺得他的前途遠大無比光明。即便在這次暑假，他也不容自己輕忽對於畢業後的打算。雖然他甚至還無法確定大學畢業後究竟是要踏上仕途還是從商，但不管選擇哪一方面，他發現趁現在盡量先多走幾步路絕對更有利。他直接得到了父親的介紹，透過父親又間接得到父親友人的介紹，然後他物色了幾位對自己的將來可能有影響的人物，試著做了兩三次拜訪。那些人有的已在避暑的名義下離開東京，有的人不在，也有的人分身乏術直接叫他去公司見面。在太陽尚未高高升起的清晨七點，宗助便搭乘電梯抵達紅磚樓房的三樓，在那裡的會客室，已有七、八人和自己一樣在等候同一個人，這一幕令他大吃一驚。像這樣去新的地方接觸新的事物，不管成功與否，至少可以把以往沒見識過的世界片段塞進腦中，令他自然而然有點欣喜。

每年奉父親之命幫著家裡把書籍衣物取出晾曬，在這種時候，反而也成了令他興味盎然的工作之一。他坐在冷風吹過的倉庫門前潮濕的石頭上，好奇地望著家中收藏多年的《江戶名所圖會》[27]與《江戶砂子》[28]這些書。他盤腿坐在連榻榻米都發熱的客廳中央，把女傭買回來的樟腦用小紙片分裝，摺疊成醫生給的散裝藥包那種形狀。宗助從小只要聞到這種樟腦的濃郁氣味，便會聯想到汗流浹背的立秋前夕、砲烙灸[29]，與在晴空悠然盤旋的老鷹。

時節就這樣進入立秋。到了九月一日左右，開始颳風下雨。天空有染成薄墨似的烏雲頻頻飄動。兩三天來溫度計降了又降。宗助不得不再次拿麻繩綑好行李，準備前往京都。

他沒忘記之前與安井的約定。剛回到家時，想到那是二個月之後的事所以完全不急，但是隨著日子逐漸逼近，他開始惦記安井的消息。在那之後，安井連一張明信片也沒寄來。宗助試著寫信去安井的家鄉福井，但是始終沒有收到回音。宗助也

27《江戶名所圖會》，歷經齋藤幸雄、幸孝、幸成三代編寫，於天保七年（1836）成書，共七卷二十冊。詳細記載江戶的神社佛寺及名勝古蹟等地理風俗。插圖出自長谷川雪旦之手。

28《江戶砂子》，菊岡沾涼於享保十七年（1732）著作的江戶地理書。

29 砲烙灸，把砲烙（陶鍋）倒扣在頭上，再放上艾草間接施灸。通常是立秋前夕在寺廟進行，據說可治頭痛。

考慮過是否該和橫濱那邊聯絡，但他連地址都沒問過，因此束手無策。

出發的前一晚，父親把宗助叫去，按照宗助的請求，除了普通旅費之外，又給了他足以在路上停留兩三天以及抵達京都後花用的零用錢，

「一定要盡量省著花。」父親如此告誡。

宗助就像普通孩子聆聽普通家長訓話時那樣聆聽。父親又說，

「明年你再度返家之前沒機會見面，所以你自己要多小心。」

可惜到了翌年該回家的時節，宗助已經回不去了。等到他真的回去時，父親的遺體已經冰冷。宗助至今想起當時的父親都還會感到愧疚。

眼看就要出發時，宗助終於收到安井的信。打開一看，安井說本來打算按照約定一起返校，但另有要事不得不提早啟程，最後信上也寫到，改日在京都見面再詳述。宗助看完後把那封信塞進衣服內袋就上了火車。當他來到之前約定的興津時，他獨自下了月台，沿著細長的一條街走向清見寺。時值夏日已過的九月初，因此大批避暑客早已打道回府，旅館算是比較閑靜。宗助趴臥在可以看海的房間，在寄給安井的風景明信片寫下兩三行話。其中有一句是「你沒有來，所以我只好獨自前

來」。

翌日他也按照之前的約定獨自去三保和龍華寺[30]參觀，他盡量蒐集旅途見聞以便回到京都後能夠告訴安井。但許是天氣的關係，或者是因為原本指望的安井沒來，無論去看海或登山都不怎麼好玩。待在旅館更加無聊。最後宗助匆匆脫下旅館提供的浴衣，與絞染的腰帶一同掛在欄杆上，就此離開興津。

返抵京都的第一天，由於搭乘夜行火車旅途勞頓，而且還要整理行李，他連大門都沒出就此結束一天。第二天終於去了學校，只見教師尚未到齊，學生也比平時的人數少。可疑的是，應該比自己提早三、四天回來的安井居然不見蹤影。宗助對此耿耿於懷，於是回程特地繞道前往安井的住處一探究竟。安井住的地方就在多樹多水的加茂神社旁邊。他說打從放暑假前就打算搬到比較安靜的城市外圍好好用功，因此特地搬來這個幾乎像是閉塞山村的鄉下。他找到的房子二面圍繞寂靜的土牆，收拾得古色古香。宗助從安井那裡聽說，房東以前是加茂神社的神官之一，還

30 龍華寺，位於靜岡市的日蓮宗龍華院。因有著名思想家高山樗牛之墓而知名。

有個滿口京都腔非常伶牙俐齒年約四十的妻子，負責照料房客安井的生活。

「美其名曰照料，其實只是煮些難吃的菜，一天三頓送來房間。」安井剛搬來沒幾天就開始說這個房東太太的壞話。宗助來這裡找過安井兩三次，因此認識他口中那個煮菜很難吃的房東太太。房東太太也記得宗助的長相。一看到宗助，照例用那柔和的京都腔殷勤寒暄，宗助本想打聽安井的消息沒想到反而是對方先問起安井的消息。據房東太太表示，自從安井返鄉後直到現在，始終沒有收到任何音信。宗助得知後非常錯愕地回到自己的宿舍。

之後那一週，每次去學校，他都會抱著模糊的預期打開教室的門，猜想今天或許可以看到安井吧？明天應該會聽到安井的聲音吧？然後每天又抱著模糊的不滿悵然而歸。不過到了最後這三、四天，宗助已經不只是想早點見到安井，身為安井的友人，毋寧是開始擔憂遲遲不見蹤影的安井是否平安。於是他向同學一一打聽安井的下落。但是無人知情。唯有一人回答昨晚在四條的人潮中，曾經看到很像安井的男子穿著浴衣。但宗助不相信那會是安井。沒想到就在聽到這個消息的翌日，也就是宗助抵達京都已滿一個星期之後，安井果真穿著同學描述的那身服裝突然上門拜訪宗助。

宗助打量著身穿浴衣、手持草帽的好友久違的身影，總覺得放暑假前見過的那張面孔上，似乎又添加了某種新鮮的東西。安井的黑髮抹了油，惹眼地梳理整齊，而且還欲蓋彌彰地特意解釋自己剛去過理髮店。

那晚他和宗助聊了一個多小時。他那凝重的說話方式，在宗助面前有所顧忌、猶豫不決的語調、動不動就說「然而」的口頭禪，一切都和平時的他毫無不同。但他絕口不提為何比宗助先啟程離開橫濱。也不肯老實交代是否中途在哪逗留才會比宗助更晚抵達京都。他只肯招認是在三、四天前剛剛抵達京都。並且表示尚未回到暑假前住的宿舍。

「那你住在哪裡？」當宗助這麼問時，他把現在落腳的旅館名稱告訴宗助。那是在三條一帶的三流旅社。宗助也聽說過。

「為什麼要去住那種地方？你打算今後都住在那裡嗎？」宗助追問。而安井只是說有點事情所以身不由己，

「我不想住宿舍了，我打算租間小房子。」安井吐露意外的計畫，令宗助大吃

一驚。

之後又過了一星期，安井終於如他對宗助所言，在學校附近的靜巷租到一間房子。格局有京都房子共通的晦暗陰森，而且柱子與欄杆都塗成暗褐色，故意顯得古老，是狹小的出租房屋。門口有一棵不屬於任何人的柳樹，宗助看到長長的枝條隨風飄揚幾乎碰觸到屋簷。院子也和東京不同，稍微整齊一點，院子內隨處可見石頭，其中有塊比較大的石頭雄踞在客廳正對面，且石頭底下長滿森森青苔。屋後有間門檻腐朽的儲藏室空蕩蕩閒置著，後方是鄰居的竹林，每次進出廁所皆可看見。

宗助前來拜訪，是在即將進入十月的新學期之始。當時天氣依然很熱，因此宗助至今還記得那時往返學校都撐著黑傘。他在格子門前把傘收起，探頭往裡瞧時，隱約瞥見一抹粗條紋浴衣的倩影。格子門內是脫鞋口，然後一路筆直朝裡貫穿，因此進去之後如果沒有馬上走進右手邊玄關的入口，雖然昏暗還是可以筆直看見後院。宗助站在原地目送那個穿浴衣的背影消失在通往後門的地方，然後拉開格子門。安井親自現身玄關。

進入客廳後聊了一會，之前的女子一直沒露面。而且無聲無息。房子不大，照理說應該就在隔壁房間，卻好似根本沒這個人。這個像影子一樣安靜的女人就是阿米。

安井東拉西扯地談到了家鄉、東京、學校的課程，對於阿米卻始終隻字不提。宗助也沒有勇氣追問。那天就此道別。

翌日二人碰面時，宗助心裡還記得那個女人，但是他沒有提起半個字。安井似乎也若無其事。二人過去明明也經常聊起一般年輕人會與好友敞開心房毫無顧忌談論的話題，但這次，安井看起來吞吞吐吐。宗助也沒有那麼強的好奇心硬要撬開他的嘴巴。因此二人的意識之間雖然卡著一個女人，卻始終沒有說出口，就這樣又過了一星期。

那個週日他再度拜訪安井。目的是要討論與二人都有關係的某個聚會，是和女人毫不相干的一次平淡訪問。但是進了客廳，在老位子坐下後，看著牆角邊的矮小梅樹，宗助記憶猶新地想起上次來訪時的情景。那天，客廳以外的地方也是悄然無聲。宗助不得不去想像那個躲在靜謐中的年輕女子的身影。同時他也相信，那個年輕女子跟上次一樣，絕對不會出現在自己的面前。

在這種預期下，宗助突然被介紹給阿米認識了。這次阿米沒有像上次那樣穿著粗布浴衣。不知是正要外出還是剛從外面回來，只見她打扮整齊地從次間出來。突如其來的介紹讓宗助很是意外。但是對方並未穿著華貴的綾羅綢緞，因此衣服的顏色與腰帶的光澤都還不到令他驚豔的地步。況且阿米在初次見面的宗助面前，也沒有展現太多年輕女子常見的嬌羞。她看起來只是比普通人更安靜更沉默寡言。無論是在人前或躲在鄰室，她的態度都一樣沉靜。宗助發現這點後，由此推論，阿米之所以悄然無聲，顯然不只是因為害羞才避免在人前出現。

安井介紹阿米時，用的說法是：

「這是我妹妹。」

宗助在斜對面坐下，稍微交談片刻後，他發覺阿米的口音並未夾雜鄉下的方言腔調。

「之前都待在家鄉嗎？」他問，阿米還沒開口，安井就搶先回答：

「不，她在橫濱住很久了。」

宗助這才得知原來這天二人說好要上街買東西，因此阿米才換下家居服，雖然天氣熱還是特地穿上嶄新的白襪套。宗助覺得人家難得要出門卻被自己絆住，好像打擾了人家，因此深感抱歉。

「沒事，有了自己的房子後，每天都會發現有新的東西需要買，因此每週至少都得上街一兩次。」安井說著笑了。

「那我跟你們同行一段路。」宗助說著立刻起身。

安井也叫他順便參觀一下房子，他聽任安井安排。宗助望著隔壁房間附帶鐵皮灰燼盒的方形火盆，色調看起來很廉價的黃銅水壺，放在老舊水槽旁過於嶄新的水桶，然後走出大門。安井鎖上門後，說要把鑰匙交給後面的人家保管，拔腿就跑走了。宗助與阿米在等候他時，泛泛交談了三言兩語。

宗助至今還記得這三、四分鐘交談的內容。那只不過是一個普通男人為了對一個普通女人表達人際交往的親近，說出的簡略言詞罷了。若要形容，堪稱平淡如水。在這之前，他在路旁不知隨時隨地與陌生人交換過這樣的寒暄之詞多少次了。

每當宗助一一回想那極為短暫的對話時，總覺得那每句話，幾乎都堪稱無色，其實非常平淡。而且，如此透明的聲音，何以能夠將二人的未來塗抹成那般鮮紅，也令他深感不可思議。如今那抹紅色歷經歲月風霜早已失去昔日的鮮豔。曾經燃燒彼此的熾熱火焰，也已自然變色泛黑。二人的生活就這樣沉沒於暗淡中。宗助回顧過往，反過來重看事情的發展時，總是一邊在心中玩味當日這場淡泊的寒暄是如何替自己二人的歷史添上濃妝重彩，同時也不免對命運之神將平凡的小事變大的力量敬畏有加。

宗助猶記得當時二人佇立在門前時，他們的影子曲折，一半映現在土牆上。他記得阿米的影子被陽傘遮住，不規則的陽傘形狀取代頭部落在牆面上。他記得已開始西斜的初秋日光，燦爛地照耀著二人。他記得阿米撐著陽傘，靠近並不怎麼涼快的柳樹下。他記得當時自己退後一步，來回比對那把紫色陽傘鑲有白邊的色彩，以及尚未完全褪去翠綠的柳葉色調。

如今想來一切都很明晰。因此平凡無奇。二人等待安井從土牆的影子中再次出現，一同朝街上走去。走路時，二個男人並肩齊步。阿米穿著草鞋跟在後面。對話也多半只有二個男人在說。而且並不久。路程走到一半宗助就和二人分開，返回自己的家了。

但在他的腦海中，那天的印象久久不消。回到家後無論是洗澡或是坐在燈前，安井與阿米的身影都如同著色的平面圖畫，在眼前若隱若現。不僅如此，等他鑽進被窩後，他開始琢磨，被當成安井妹妹介紹的阿米，是否真的是安井的妹妹？除非逼問安井，否則無法輕易解開這個疑問，但他立刻有了某種臆測。不過宗助頂多也只是懷疑安井與阿米之間是否充分存在容許這種臆測的餘地，躺在床上的他忽然感到可笑。而且他發現自己內心糾結於那種臆測有多麼荒謬，於是終於呼地一口氣吹熄忘記熄滅的油燈。

在這段記憶逐漸沉澱，終至消失之前，宗助與安井並未疏遠到彼此不打照面。二人不僅每天都會在學校相遇，也依然維持暑假前的往來。但宗助每次拜訪，阿米不見得都會出來打招呼。三次總有一次沒露面，像宗助初次造訪時那樣悄悄躲在鄰室。宗助倒也沒有為此多心。即便如此，二人還是慢慢接近了，甚至親近到有時還能開上幾句玩笑。

不久，秋天再次來臨。宗助已經沒興趣在與去年同樣的狀況下重溫京都的秋天。當安井與阿米邀他去採松茸時，他在秋高氣爽的空氣中又發現新的香氣。紅葉也是三人一起去看的。從嵯峨穿山越嶺徒步前往高雄的途中，阿米捲起衣服下襬，長襯裙拖曳到襪子上方，用細細的雨傘當拐杖。當他們從山頂看到下方一百多公尺之處的溪流被日光照亮，即便相距遙遠也可清晰看見水底時，

「京都真是好地方。」

阿米說著回頭看二人。跟她一起眺望的宗助，也覺得京都的確是個好地方。

三人如此同行的例子並不罕見。在家中更是經常碰面。有時宗助照例上門來找安井，安井卻不在，只有阿米隻身獨坐，彷彿被遺忘在寂寥的秋光中。宗助說一定很寂寞吧，忍不住走進客廳，二人在火盆的兩側對坐烤火，聊了比想像中更久的時間宗助才離開。有次宗助倚靠宿舍的桌子正在茫然發呆，難得不知如何打發時間，阿米忽然不請自來。她說出來買東西，所以順路過來瞧瞧。宗助請她喝茶吃點心，她很自在地聊了半天才走。

在這種情形一再發生的過程中，樹葉不知幾時已落盡。而高山的山頂，在某天早上變成銀白。裸露的河岸也一片雪白，只見過橋的人影微微晃動。那年的京都冬天，有種悄然滲透肌膚的陰忍氛圍。安井在這種惡性的寒冷中不幸中招，罹患嚴重

的流感。發燒程度比普通感冒更厲害，起初阿米也嚇到了，雖然那只是暫時的，很快就退燒了，但是本以為這下子完全康復，偏又遲遲不見痊癒。安井被這反反覆覆的發燒糾纏，每日飽受折磨。

醫生說可能是呼吸器官有點受損，懇切勸他易地療養。安井只好用麻繩綑綁壁櫥裡的柳條箱打包行李。阿米拎著上鎖的手提袋。宗助親送二人到七條的火車站，在火車啟動前，待在候車室內故作開朗地說話。去月台搭車時，安井從車窗內說：

「記得來玩。」

「一定要來喔。」阿米也說。

火車緩緩駛過面色紅潤的宗助面前，轉眼已朝著神戶的方向噴煙前進。

病人在當地過了新年。打從抵達的那天起就每天寄明信片來。而且每張都反覆叮囑「有空你一定要來玩」，上面也總是附帶阿米的一兩行字。宗助把安井與阿米寄來的明信片單獨堆放在桌上。從外面回來時總能立刻看到那些明信片。有時他會按照順序一張一張拿起來重讀。最後他收到安井的來信，信上表示身體已完全康復即將回來，但是難得來到此地，未能在此處見到宗助實在遺憾，盼望宗助收到此信後，哪怕時間短暫也好，請務必前來。要打動最怕無所事事與無聊的宗助，只要有這寥寥數語已經足夠。宗助當下立刻搭乘火車在當天晚間抵達安井的住處。

在明亮的燈火下，翹首以待的三張臉孔聚首時，宗助首先發現，病人的臉色已經恢復健康，甚至比出發前的氣色更好。安井自己也說有那種感覺，還特地捲起襯衫袖子，一個人在那撫摸青筋突起的手臂。阿米也開心地兩眼發亮。宗助格外珍惜地看著她活潑的眼神。過去宗助心裡的阿米，就連站在聲色繚亂之中都極為沉靜。而且那種沉靜的絕大部分，顯然是來自不為外物所動的靜謐雙眼。

翌日三人出門，眺望遠方泛著深邃色澤的大海，呼吸松樹樹幹冒出松脂的空氣。冬日赤裸裸地橫越短暫的天空默默沉落西方。日落時，低垂的雲層染上或黃或紅的灶火色彩。入夜後也沒有起風。只有松樹不時嘩嘩作響。在宗助來訪的那三天一直是溫暖的晴天。

宗助感嘆真想多玩幾天。阿米也說是該再多玩幾天。安井說宗助一來遊玩就帶來好天氣。最後三人又拎起行李箱與旅行袋回到京都。冬天若無其事將北風吹向寒冷的土地。山上明顯斑駁的積雪逐漸融化，之後綠色再度冒芽。

宗助每次回憶當時都覺得，如果大自然的運行就在那裡停住，自己與阿米當下都變成化石，或許反而不會痛苦了。事情在冬末春初時開始，在凋零的櫻花換上嫩葉的新綠時結束。一切都是生死之戰。是炙烤青竹榨油般的痛楚。大風突然吹倒毫無防備的二人。當二人爬起來時，四周早已塵埃滿天。他們雖然認清自己蒙上滿身塵埃，卻不知是幾時被吹倒的。

世間毫不容情地使他們背負道義上的罪惡。但他們自己在受到道義上的良心苛責之前，一度頗為茫然，懷疑自己的腦子是否清醒。因為早在他們意識到自己是不道德的苟且男女為之羞慚之前，他們已經先不可思議地意識到自己的行為不合常理了。他們無話可替自己辯解。所以才有無法忍受的痛苦。他們遭到殘酷的命運之神心血來潮對無辜的二人做出的突襲，被命運之神半是好玩地推落深淵只能悔恨莫及。

當暴露的日光直射他們的眉心時，他們早已超越道義上的痙攣痛楚。他們老實地露出蒼白的額頭，任由命運烙下形似火焰的烙印。並且發現自己不得不任由無形的鎖鏈綑綁，攜手同行至天涯海角。他們拋棄了父母。拋棄了親戚。拋棄了朋友。

擴大而言甚至拋棄了一般社會。或者，是被那些所拋棄。學校當然也拋棄了他們。只是表面上由宗助主動退學，在形式上好歹保留了一點做人的體面。

這就是宗助與阿米的過去。

十五

背負著這種過去的二人，即便去了廣島依然痛苦。去了福岡依然痛苦。即便來到東京，依然被沉重的包袱壓得喘不過氣。他們與佐伯家不再有親密關係。舅舅死了。舅媽與安之助還活著，但是關係冷淡了太久，已經無法在有生之年重新恢復舊交。今年直到歲暮天寒還沒去拜訪過。對方也沒上門。就連他們收留的小六，心底也對兄長毫無敬意。對於二人來到東京，小六出於單純的孩子氣想法，毫不掩飾地討厭阿米。阿米和宗助也很清楚這點。夫妻倆在日光下微笑，在月光前思考，任由安靜的歲月來去。今年馬上也要過完了。

繁華鬧區從年底就已家家戶戶在門口掛出新年裝飾。馬路左右並排豎立了數十根比屋簷更高的竹子，悉數在寒風吹拂下沙沙作響。宗助也買了二尺多的細瘦松枝釘在門柱上。然後把朱紅的大橘子放在供台上，擺在壁龕。壁龕懸掛著古怪的水墨畫，畫的是梅樹枝頭高懸形似蛤蜊的月亮。宗助自己也不明白在這古怪的畫前放上橘子與供品的意義。

「這到底是什麼意思？」望著自己裝飾的物品，他問阿米。阿米也不懂每年這麼做的意義何在。

「我哪知道啊。只要這樣擺著就對了。」說完她就去廚房了。留下宗助歪頭調整供品的位置，獨自喃喃自語：

「這麼擺放，說穿了是用來吃掉吧？」

晚上把砧板拿到起居室，大家一起切年糕。因為菜刀不夠多，宗助自始至終都沒有出手。別的沒有就是有力氣的小六切了最多塊。但是大小參差不齊的也最多。其中甚至有形狀歪七扭八的成果。每次切出奇怪的形狀，阿清都會放聲大笑。小六拿濕抹布壓著菜刀刀背，一邊切斷堅硬的邊緣，

「形狀不重要，只要能吃就行了。」他說著狠狠用力，弄得耳朵都紅了。

其他的過年準備工作，頂多只有紅燒小魚乾，把滷菜裝在套盒裡。到了除夕夜，宗助拿著房租去坂井家順便拜年。他怕打擾人家特地繞到廚房門口，只見毛玻璃上映出亮晃晃的燈光，屋裡十分熱鬧。拿著帳冊坐在門口看似來收帳的小伙計，起身向宗助打招呼。坂井夫妻都在起居室。角落裡，身上的大褂印有商號標記看似經常出入坂井家的工匠，正在埋頭製作新年要掛的小型稻草圈。旁邊放著裝飾稻草圈的交讓木與羊齒葉還有白紙跟剪刀。年輕的女傭坐在坂井太太的面前，把看似找回來的鈔票與銅板排放在榻榻米上。坂井看到宗助，

「哎呀，你好。」他說。「年底一定很忙吧。你也看到了，我家正兵荒馬亂。快快快，這邊請。說真的，彼此都對過年已經厭倦了吧。就算再怎麼有趣，重複四十幾遍也會厭煩。」

坂井嘴上雖說已經厭煩年節應酬，但他的態度一點也看不出厭煩的樣子。不但言詞很活潑，而且滿臉紅光。或許是晚餐喝了酒，臉頰還留有醉意。宗助接過他請的香菸聊了二、三十分鐘才告辭。

回到家，阿米說要帶阿清去澡堂，把香皂盒包在毛巾裡，正等著丈夫回來以便

叫他看家。

「怎麼搞的，一去就去了那麼久。」說著她看時鐘。時鐘已經快走到十點了。而且阿清洗完澡據說還要去找美髮師做頭髮。向來清閒的宗助，在除夕這天免不了也有各種相應的事件要處理。

「已經全都付清了嗎？」宗助一邊起身一邊問阿米。阿米回答還有賣柴火的帳款沒付。

「如果人家來了你記得拿給他。」說著她從懷中取出破舊的男用皮夾以及裝銅板的零錢包交給宗助。

「小六呢？」丈夫收下錢包時問起。

「他剛剛說要去看除夕夜的風景就出門了。這麼冷的天氣，還真是受罪。」阿米這麼說時，跟在她身後的阿清放聲大笑。之後，阿清一邊評論「因為他還年輕嘛」，一邊走到廚房門口，先替阿米放好木屐。

「他打算去看哪裡的夜景？」

「他說要從銀座去日本橋大街。」

阿米這時已經要走下門口。隨即響起拉開拉門的聲音。宗助聽著那聲音，獨自坐在火盆前，眺望已成灰燼的木炭顏色。他的腦中映現明日飄揚的太陽旗。他可以看到在外走動的人們頭上的禮帽光澤。他可以聽見西洋劍的聲音、駿馬的嘶鳴、打羽毛毽子的聲音。再過幾個小時之後，他必然會看到一年的節日之中，最能令人心情煥然一新的景物。

看似活潑開朗、熱鬧喜慶的人們，成群結隊地走過他的心頭，可其中沒有任何一個人抓住他的手臂試圖帶他一起參與。他只是個沒受到宴會邀請的局外人，就像被禁止喝醉，也因此免於沉醉。他和阿米的生命，既然年年都在平凡的波瀾起伏中度過，自然也沒有對前景抱持太大的希望。這麼忙碌的除夕夜，獨自看家的寧靜，正好代表了他平日的現實狀況。

阿米在十點多回來。燈光照亮她比平日更晶瑩光潔的臉頰，泡澡的熱氣尚未消散，因此她將領口略微敞開地套在襯裙外，修長的脖頸也清晰可見。

「澡堂擠死了，都沒地方盥洗也搶不到小盆子。」她一開口就緩緩吐氣。

阿清是在十一點多才回來。她從拉門後面露出梳理整齊的腦袋，說聲「我回來了，弄到這麼晚很抱歉」，順便提及她去的時候前面還有兩三個客人在等著做頭髮。

唯獨小六始終沒回來。鐘聲敲響十二點時，宗助提出該就寢了。阿米認為今天這種日子先去睡覺也不好，因此盡量找話題繼續聊。幸好不久小六就回來了。他說回程從日本橋去銀座，然後又去了水天宮那邊，他解釋說搭乘電車的人太多，等了好幾班才擠上車，因此才會這麼晚回來。

小六說本來想抽獎看能不能拿到「白牡丹」化妝品店贈送的金錶，可是店裡沒啥東西好買，只好買了一盒綴有鈴鐺的小沙包，然後從機器吹出的幾百顆氣球中抓到一個，可惜沒抽中金錶，只中了這種獎品，說著從袖子取出一袋俱樂部洗面粉。放到阿米的面前，

「這個送給嫂子。」他說。然後把綴有鈴鐺、縫成梅花形狀的小沙包放到宗助的面前，

「這個可以送給坂井家的小姑娘玩。」他說。

這個單調小家庭的除夕，就此宣告結束。

十六

正月初二下的雪，把正在過年的都市染成銀白世界。在屋頂積雪融化恢復原本色調之前，夫妻倆屢屢被鐵皮屋簷滑落的落雪聲嚇到。半夜嘩啦響起的落雪聲尤其驚人。小路的泥濘與雨後放晴不同，一兩天之內都乾不了。從外面弄髒鞋子歸來的宗助，每次看到阿米都要抱怨，

「這樣太糟糕了。」說著走進玄關。他那種樣子彷彿阿米就是把路弄髒的罪魁禍首，因此阿米最後忍不住，

「那真是抱歉喔。實在太對不起你了。」說完自己忍俊不禁，宗助也沒有玩笑話可以回敬。

「阿米妳待會出門，看來不管去哪都得穿上高齒木屐才行吧。可是如果去老街就不同了。人家每條馬路都乾乾爽爽，甚至還有塵土飛揚，所以穿高齒木屐反而會尷尬得不好意思走路。簡而言之住在這種地方的我們，等於落後了一個世紀。」

講這種話的宗助，臉上倒是別無不滿。阿米也像是在看丈夫噴出的香菸煙霧似

地隨便聽聽。

「那你應該去跟坂井家這麼說。」她隨口回答。

「然後叫坂井家把房租也打個折扣好了。」雖然宗助這麼回答，結果還是沒去坂井家。

他只是在大年初一清早往坂井家投了一張名片，故意沒見主人就離開了，但當他用一整天的時間去該拜年的地方拜了年，傍晚回來得知他不在時坂井竟然親自來過，不禁感到惶恐不安。初二因為整天下雪所以無所事事地度過了。初三那天傍晚坂井家的女傭來了，她說如果有空，請宗助夫妻還有小少爺今晚務必去作客。

「這是要幹什麼？」宗助懷疑。

「一定是要玩牌吧。他家孩子多嘛。」阿米說。「那你去吧。」

「難得有這機會還是妳去吧。我很久沒玩花牌了玩不來。」

「我也很久沒玩了技術也很差。」

二人都不肯輕易去坂井家。最後決定那就讓小少爺代表大家去一趟好了。

「小少爺你去吧。」宗助對小六說。小六苦笑著站起來。夫妻倆對於小六冠上小少爺之名都感到非常滑稽。看到小六被稱為小少爺報以苦笑的臉孔，不禁一同放聲大笑。小六在春意融融的空氣中出門，然後頂著寒風走了大約一百公尺，在同樣春意融融的電燈下坐下。

那晚小六把除夕買的梅花形小沙包放在袖中，特地聲明這是家兄送的，贈送給坂井家的小姑娘。結果回來時，他的袖子裡同樣放了抽獎抽中的裸體小人偶。那個人偶的額頭破損有點瑕疵，而且唯獨那塊地方塗了墨汁。小六一本正經地說這個人偶叫作袖萩[31]，把人偶放在兄長夫婦的面前。夫妻倆都不懂為何名之為袖萩。小六當然也不知道，因此坂井太太特地詳細解說一番給他聽，但他聽了還是一頭霧水，因此坂井先生特地在紙上龍飛鳳舞地寫下原文交給他，叫他回去之後把這個拿給哥哥嫂嫂看。小六從袖子找出那張紙條給二人看。上面寫著「此牆一重勝黑鐵」[32]，後面括號加上（此娃一隻破額黑），宗助與阿米不禁又發出洋溢春日暖意的笑聲。

「這還真是匠心獨具的雅趣。到底是誰想的？」兄長問。

「誰知道。」小六還是一臉興趣缺缺，把人偶一扔，就回自己房間去了。

過了兩三天，大概是正月初七的傍晚吧，坂井家那個女傭又來了，她客氣地轉

達主人的意思，請宗助若是有空就過去聊聊。當時宗助與阿米已點亮油燈準備吃晚餐。宗助正捧著飯碗說，

「正月新春總算也告一段落了。」這時阿清前來傳達坂井家的口信，於是阿米看著丈夫的臉微微一笑。宗助放下飯碗，

「難道又有什麼活動嗎？」他有點困擾地蹙眉。向坂井家的女傭一打聽，據說並無來客，也沒有準備任何活動。而且女傭還說，坂井太太帶著小孩應親戚之邀出門作客了。

「那我就去一趟。」宗助說著出門去了。宗助討厭一般社交。若非逼不得已他絕對不會去什麼聚會露臉。私底下的朋友也不多。也沒空去拜訪別人。但唯有坂井是例外。宗助有時甚至毫無目的地專程去拜會對方，只是為了消磨時間。可是坂井

31 袖萩，描述安倍一族反叛源氏的淨琉璃《奧州安達原》第三段「袖萩祭文段」出現的女性。袖萩因產下安倍貞任之子，被父親直方斷絕父女關係。

32 「此牆一重勝黑鐵」是《奧州安達原》「袖萩祭文段」的著名台詞。日文發音近似「此娃一隻破額黑」。

卻是最擅長交際應酬的人。如此長袖善舞的坂井，與孤獨的宗助湊到一起居然聊得來，連阿米看來都是個奇妙的現象。坂井說：

「去那邊吧。」他帶宗助穿越起居室，沿著走廊進去小書房。壁龕掛著似乎是以棕櫚筆寫的五個硬挺的大字。架上插著漂亮的白牡丹。另外桌子和坐墊也都很漂亮。坂井先站在黑漆漆的入口，

「請進。」他一邊說，一邊不知扭轉何處打開電燈。然後，

「請等一下。」說完，他用火柴點燃瓦斯暖爐。瓦斯暖爐和室內空間比起來顯得很迷你。坂井請他在坐墊坐下。

「這是我的巢穴，有麻煩時就來這裡避難。」

宗助在厚實的棉墊上感到某種安靜。瓦斯燃燒聲低微響起，背上逐漸烘熱。

「待在這裡，就再也不想和任何人打交道。非常輕鬆自在。你多坐一會兒。老實說正月實在出乎意料地繁瑣。到昨天為止我幾乎累得快投降了。新年期間一切停滯不前真的很痛苦。所以從今天中午開始，我終於遠離塵世，生了病大睡一場。剛剛才醒來，洗個澡，然後吃吃飯，抽抽菸，驀然回神，才發現內人帶著孩子去走春

了。難怪家裡這麼安靜。結果這下子又忽然感到無聊了。人類真是任性啊。不過就算再怎麼無聊，如果要再耳聞目睹新年喜慶的東西還是受不了，況且我也不想再吃吃喝喝新年那些玩意了，所以我想和過年不搭調的你（這麼說很失禮），和整個社會都沒啥關係的你（這麼說或許還是很沒禮貌），簡而言之就是身為超然派的你說說話，所以才特地派人去府上。」坂井照例又以那種語調滔滔不絕。宗助在這個樂天派的面前，經常忘記自己的過去。而且有時候甚至會想，如果自己當初一切發展順利，說不定也會成為這樣的人物吧？

這時女傭拉開三尺寬的狹小入口走進來，再次向宗助鄭重行禮後，在他面前放下一個看似木盤的點心碟。接著又在主人面前放下同樣的碟子，不發一語地默默退下。木盤子上放了一個約有小皮球那麼大的鄉村豆沙餅，旁邊還放了有普通大小二倍的牙籤。

「趁熱趕緊吃吧。」坂井說，因此宗助這才發現這個豆沙餅才剛剛蒸好。他好奇地打量黃色的外皮。

「不，其實不是剛出爐。」坂井又說。「昨晚去某處，我半開玩笑地隨口誇了兩句，結果對方就送給我當作伴手禮了。當時才真是熱呼呼。現在是為了請你吃所以又回鍋再蒸一次。」

坂井拿著那個不像筷子也不像牙籤的東西隨手切開豆沙餅，開始狼吞虎嚥。宗助也依樣畫葫蘆照著做。

期間，主人說起昨晚去料理店遇到的奇妙藝妓。這個藝妓很喜歡口袋版《論語》[33]，搭乘火車或出去玩時，據說總是在懷裡放著那本書。

「她說在孔子的門人當中，最喜歡子路。至於原因，是因為子路這個人，教了他一樣東西後，如果還沒有實行之前如果又聽到新的知識他會很苦惱，是個非常誠實的人。老實說我也不太了解子路所以不知該怎麼接話，於是我就問她，那是否就像是認識了一個好對象，如果還沒結為夫妻之前又認識了另一個好對象所以很苦惱……」

坂井非常輕鬆愉快地如此敘述。就他說話的樣子看來，他顯然經常出入花街柳巷，對那種刺激早已麻木，卻因慣性使然每月照舊去報到幾次重複同樣的行為。仔細追問之下，即便是如此見慣風月的男人，據說不時也會在享盡歡樂之後感到疲勞，必須躲在書房休養精神。

宗助對這方面並非毫無經驗，因此也沒必要勉強假裝好奇，只是視若尋常地對話，但他這種態度反而令坂井很欣賞。坂井似乎從平凡的宗助言詞之間，窺見某種煥發異彩的過去。但是只要宗助稍微露出不願繼續往那方面深談的跡象，他就會立刻轉移話題。與其稱之為一種策略，毋寧是出於禮貌。因此完全沒有給宗助帶來不快。

之後他們聊到小六。坂井對小六這個青年，倒是有兩三點觀察是宗助這個親哥哥從未發現的。宗助沒有評論他的觀察是否正確，只是興味盎然地聆聽。其中，坂井也提出質疑，他認為小六有這個年紀常見的無法適應複雜現實的頭腦，同時似乎也坦然流露比實際年紀更單純稚氣的孩子性情。宗助立刻對此大表同意。但他回答，只受過學校教育卻欠缺社會教育的人，想必就算年紀再大還是會有那種傾向。

「沒錯。相反的，只受過社會教育卻欠缺學校教育的人，雖然會發揮非常複雜

33 口袋版《論語》，指矢野恒太編注的《論語》。因可放在口袋隨身攜帶被稱為「袖珍本」，注釋淺顯易懂成為暢銷書。也象徵當時人手一冊的《論語》熱潮。

的性情，頭腦卻永遠是小孩子。那樣或許反而更難纏。」

坂井說到這裡笑了一下，之後，他說：

「怎麼樣，讓他來我這裡當助手吧？或許可以讓他受到一點社會教育。」坂井的助手在他家的狗生病住院的一個月前，據說徵兵檢查合格已入伍當兵，如今家裡一個助手也沒有。

宗助還沒開口請求，這個安置小六的大好機會就隨著春天的來臨從天而降，令宗助大喜過望。同時，過去始終沒有勇氣積極向社會要求善意與幫助的他，對於坂井這個突然的提議也有點不知所措的驚愕。但他的盤算是，如果可以，盡量早點把弟弟交給坂井，然後利用省下的開銷，再加上安之助的贊助，應該足夠成全小六的希望讓他接受高等教育。於是他毫不保留地對坂井和盤托出整件事的來龍去脈，坂井只是在傾聽的過程中頻頻說原來如此、原來如此，最後稀鬆平常地說：

「那應該是好主意。」雙方幾乎當場就此拍板敲定。

宗助要是這時立刻告辭就好了。他也的確很想告辭。可是對方叫他多坐一會一再挽留他。坂井說夜還很長，現在才剛天黑，說著拿出手錶給他看。實際上似乎只是因為太無聊。宗助回家之後除了睡覺也沒別的事可做，因此也就再次坐下，又開始抽起濃烈的香菸。最後甚至效法坂井，在柔軟的坐墊上隨意屈膝而坐。

坂井因為小六的話題聯想到自家事，

「唉，家裡有個弟弟，實在麻煩得很。我也照顧過一個小混蛋。」說著將自己的弟弟在大學時花了多少錢，和自己學生時代的簡樸生活相比講了半天。宗助向坂井打聽他那個揮霍無度的弟弟後來有過什麼經歷、如何發展，藉此一窺詭譎的命運安排。坂井沒頭沒尾地憤然撂下一句：

「他是冒險家。」

據說這個弟弟在畢業後，透過兄長的介紹進入某家銀行，但是「不賺錢不行」好像成了他的口頭禪，日俄戰爭後不久，他不顧兄長的挽留，說什麼想要大展身手，竟然去了滿洲。本以為他會在那裡開始什麼新事業，結果居然是利用遼河，以船隻運送豆渣和黃豆，經營大型運輸業，而且很快就失敗了。雖然他本人不是出資的金主，但是最後仔細一核算，確定虧了大錢，因此事業當然不可能繼續，必然地，他也就此失去了地位。

「後來我也不清楚他是怎麼過的，日後終於打聽到時，我很意外。他居然去蒙古流浪。不知道他到底是有多大的冒險心，但我也稍微捏了把冷汗呢。不過分隔兩地的時候，頂多猜想一下他現在不知過得如何也就算了。縱使偶爾收到消息，最多也只是說蒙古那個地方很缺水，炎熱的時候會把臭水溝的汙水澆到路上，等到水溝的水也乾了，就潑灑馬尿，因此非常臭，總之只會收到那種內容的來信——當然也會向我要錢，反正東京與蒙古距離遙遠，不理他也就沒事了。所以只要眼不見就心不煩，沒想到那小子去年年底突然出現了。」

坂井說到這裡似乎想起什麼，取下掛在壁龕柱子上綴有美麗流蘇的某種裝飾品。

那是裝在錦袋裡約有一尺長的刀子。刀鞘是用某種不知名的綠色雲母狀物體製成，有三處鑲著銀邊。刀子本身只有六寸長，因此刀刃也很薄，但刀鞘的外型就像六角形橡木木棒一樣厚實。仔細看的話，刀柄後面並排插著二根細棍。原來是為了固定刀鞘防止脫離，和銀製刀環是同樣的作用。

「他帶了這個給我當禮物。據說是蒙古刀。」坂井說著拔出刀子展示，同時也把插在後面的二根象牙棍拔下來給宗助看。

「這是筷子。蒙古人整天把這個掛在腰上，到了吃飯時間，就拔出這把刀子切肉，再用這雙筷子進食。」

坂井慎重地雙手持刀與筷子，表演切割進食的動作給他看。宗助不停打量那精巧的手工藝。

「他還送了蒙古人搭帳篷使用的絨布，和以前的毛毯沒啥兩樣。」

坂井說蒙古人善於馴馬，蒙古狗又瘦又長，很像西方的格雷伊獵犬，他們被中國人壓迫得越來越沒有空間——這些全都是從最近剛從蒙古回來的弟弟口中聽來的。宗助對於自己沒聽過的話題也抱著很大的興趣，因此一一傾聽。後來，他忍不住對坂井這個弟弟在蒙古做了些什麼產生好奇心。於是向坂井探詢，坂井再次用力重複之前說過的那句，「他是冒險家」。

「誰曉得他在做什麼。他自稱在搞畜牧業，而且很成功，但我看根本靠不住。到目前為止他經常大吹法螺唬弄我。而且這次他來東京的目的更奇怪。據說是為了某某蒙古王想借二萬圓。他說如果沒借到錢會影響自己的信用，所以四處奔走。他第一個瞄準的目標就是我，但就算對方貴為蒙古王，拿再大的土地抵押又怎樣，蒙古和東京相隔那麼遙遠，到時想討債都討不到。所以我就拒絕了，結果他居然私下找我內人，倨傲地說什麼哥哥就是那樣所以成不了大事。真是敗給他了。」

坂井說到這裡笑了一下，但是看到宗助異樣緊張的神情，

「你要不要見他一面？他會故意穿著綴有毛皮鬆垮垮的衣服出現，還挺有趣的。要不我替你介紹一下吧？正好後天晚上我約了他來家裡吃飯。——你不用擔心。只是默默聽他喋喋不休的話，一點也不危險。純屬好玩罷了。」坂井起勁地邀約。宗助多少有點心動。

「來吃飯的只有令弟嗎？」

「不，另外還有一個我弟弟的朋友，是跟他一起從那邊過來的，應該也會來吃飯。據說姓安井，我還沒見過，但我弟弟一直想介紹給我認識，所以才會邀他們兩人來吃飯。」

那天晚上，宗助臉色蒼白地走出坂井家的大門。

十七

為宗助與阿米的一生塗上晦暗色彩的關係，令二人盡量降低存在感，懷抱著幽魂一樣的念頭。他們隱約自覺在自己的內心某個部分，潛藏著無影無形宛如肺結核那麼可怕的東西，卻故意在對方面前佯裝不知地度過。

當初令他們頭痛的，是他們的過錯影響到安井的前途。當二人腦中劇烈沸騰的泡沫終於平息時，二人聽說安井也同樣輟學了。他們當然是破壞安井前途的罪魁禍首。接著又聽說安井返鄉了。後來又接到消息說他生病在家休養。二人每次聽說都感到萬分心痛。最後收到的消息是安井去了滿洲。宗助暗忖，安井的病已經痊癒了嗎？他懷疑滿洲之行該不會是謠言吧。因為安井無論就身體或個性而言，都不是那種適合去滿州與台灣的人。宗助想方設法探聽事情的真偽。最後透過某個管道確認，安井的確在奉天。同時也確認他很健康，很活躍，也很忙碌。當時夫妻倆面面相覷，吐出一口長氣。

「也好吧。」宗助說。

「總比生病好。」阿米說。

二人從此絕口不提安井的名字。甚至刻意不去想起。因為他們對於自己害安井半途退學、黯然返鄉、生病臥床，乃至遠赴滿洲的罪孽，縱使再怎麼悔恨交加，也已經無能為力了。

「阿米，妳可曾有過信仰？」有一次，宗助問阿米。阿米只是回答：

「有啊。」接著立刻反問：「那你呢？」

宗助露出淺笑，什麼也沒回答。相對的，對於阿米的信仰，也沒有詳細追問。對阿米來說，那或許是幸福。因為她在那方面，並沒有特別旗幟鮮明的宗教信仰。二人既沒有在教堂坐下，也沒有進過寺廟的大門。純粹只靠著來自大自然恩賜的「時間」這個緩和劑的力量，終於慢慢沉靜下來。有時自遠處不經意冒出的控訴，若要冠上痛苦或恐懼這種殘酷的頭銜，未免太卑微，也太薄弱，距離肉體與欲望太遙遠了。畢竟，他們的信仰不須求神，也不曾拜佛，只是把彼此當成目標。彼此相擁，開始畫出一個圓。他們的生活雖然寂寞卻逐漸穩定下來。在那寂寞的穩定之中，品嘗到某種甜美的悲哀。與文藝和哲學無緣的他們，雖然品味著這種滋味，卻沒有足夠的智慧對自己的狀態洋洋得意為之自覺，因此比起同樣處境的詩人或文人，反而更純粹。——這就是初七那天受邀去坂井家得知安井的消息之前，夫妻倆的生活樣貌。

那晚宗助回到家一看到阿米就說：

「我有點不舒服，先睡了。」把倚靠火盆正在等候他歸來的阿米嚇了一跳。

「你怎麼了？」阿米抬起眼小心翼翼望著宗助。宗助呆然佇立。

在阿米的記憶中，宗助從外面回來幾乎從未這樣失態，這是很罕見的情形。阿米猝然被某種說不清道不明的恐懼襲擊，不禁猛然站起，但她幾乎是機械性地自壁櫥取出被子，按照丈夫的吩咐開始鋪床。期間，宗助把手攏在袖子裡站在一旁。等到床鋪好，他立刻匆匆脫下衣服，鑽進被窩。阿米不肯離開枕畔。

「到底怎麼了？」

「我只是有點不舒服。只要這樣安靜躺一會，應該就會好。」

宗助的回答幾乎是從被子底下冒出來。那個聲音悶悶在阿米耳中響起時，阿米很不放心，坐在枕邊動也不動。

「妳去做妳的事情沒關係。有事我會叫妳。」

阿米終於回起居室去了。

宗助蒙著被子，渾身僵硬閉著眼。他在這黑暗中，反反覆覆回想從坂井那裡聽到的消息。直到這一刻之前，他完全沒料到會從房東坂井的口中得知人在滿洲的安井的消息。今晚吃晚餐之前，他作夢也沒想到，再過不久，就會和那個安井同時受邀去同一個人的家中，比鄰或相向而坐。他躺著琢磨剛才那兩三個小時的經過，對那個高潮突如其來的發生感到很不可思議。也感到很悲哀。他自忖自己並沒有那麼堅強，以至於命運之神非得借助如此偶然的巧合不斷從後面伸腳才能絆倒他。他深信要對付像自己這麼軟弱的男人，應該還有更多更穩當的手段。

從小六到坂井的弟弟，然後是滿洲、蒙古、抵達東京、安井——越是追溯這場談話的軌跡，就越發現有太多巧合。自己難道就是為了碰上這樁重新掀起昔日傷疤、一般人百年難遇的巧合，才特地從千百人中被挑選出來的嗎？宗助感到很痛苦，也很氣憤。他在黑暗的被窩裡吐出熱氣。

這兩三年的時光好不容易即將治癒的傷口，忽然又開始隱隱作痛。伴隨疼痛也開始發熱。傷口再次裂開，毒辣的風毫不容情地吹來。宗助想想乾脆把一切都向阿米坦白，一起分享痛苦算了。

「阿米，阿米！」他喊了二聲。

阿米立刻來到枕邊，從上方低頭看著宗助。宗助從被子口露出腦袋。次間的燈光照亮阿米的半邊臉頰。

「給我一杯熱開水。」

宗助忽然喪失開口的勇氣，於是臨時撒謊敷衍帶過。

翌日宗助照例起床，一如平常地吃完早餐。他抱著一種似喜悅又似憐憫的心情，眼看著伺候他吃早餐的阿米流露些許安心的神色，

「昨晚可嚇壞我了。我還以為你怎麼了。」

宗助只是低頭默默啜飲茶水。因為他找不出適當的言詞，不知該如何回答才好。

那天一早就狂風呼嘯，不時夾帶塵沙捲走行人的帽子。阿米說萬一發燒就糟了，還是請一天假吧，但他對阿米的擔心充耳不聞，照例搭乘電車，在風聲與車聲

中縮起脖子，只是凝視著某一點。下車時咻地一聲，他發現是頭上的鐵絲在響，抬頭一看天空，在這猛烈的大自然威力肆虐之際，悄然露出比平時更明亮的太陽。風冷冷掃過西裝褲的大腿。宗助可以清楚看見那陣風捲起塵沙朝著對面護城河前進的影子，宛如斜斜掃過的雨腳。

宗助在工作單位也無心工作。他拿著筆支肘托腮陷入沉思。不時毫無必要的胡亂磨墨。不停抽菸。然後彷彿想起什麼似地隔窗向外望。外面每次看去都是風的世界。宗助只想早點回家。

終於熬到下班回家時，阿米不安地看著宗助的臉，

「沒事吧？」她問。宗助只好回答，什麼事也沒有，只是累了。然後立刻鑽進暖桌動也不動，直到晚餐時間。之後狂風隨著太陽一同沉落。白天的喧囂令四鄰驟然顯得更安靜。

「幸好風停了。如果像白天那樣狂風大作，就算坐在家裡也會覺得怪恐怖的。」

阿米的話中，有點把風當成妖魔鬼怪看待的味道。宗助一派鎮定地說：

「今晚好像稍微暖和一點了。這是個安穩祥和的新年。」到了飯後一根菸的時

間，他突然罕見地邀請妻子，

「阿米，要不要去聽戲？」阿米當然沒理由拒絕。小六說與其去聽什麼淨琉璃戲曲，寧可在家烤年糕吃，因此夫妻倆拜託他看家就出門了。

時間有點晚，劇場已擠滿了人。二人在連坐墊都沒地方放的最後方，屈膝勉強請人家騰出一點空間。

「人好多。」

「春天到了所以人特別多吧。」

二人一邊小聲交談，一邊四處張望大房間擠滿的人頭。在那些腦袋之中，靠近舞台的前方，被香菸的煙霧弄得一片朦朧。在宗助看來這些密密麻麻的腦袋，都是有錢有閒為了消磨半個晚上來這裡找樂子的人。無論哪張臉孔都令他很羨慕。

他正視舞台，努力專心傾聽淨琉璃。但是不管再怎麼努力都不覺得有趣。他不時撇開眼偷窺阿米，每次都發現阿米的視線鎖定在前方。她幾乎忘記丈夫還在身邊，好像聽得非常認真。宗助羨慕的人之中，也得加上阿米。

到了中場休息時，宗助對阿米說：

「怎麼樣，回去吧？」阿米被他突兀的提議嚇到了。

「你不喜歡？」她問。宗助沒回答。阿米不太想違逆丈夫的意思，說道：

「我都可以。」

這下子宗助對於特地帶出門的阿米反而感到抱歉。於是終究還是忍耐到全場結束。

回到家一看，小六盤腿坐在火盆前，也不管書皮被扭得捲起，正把書舉得高高地閱讀。水壺放在一旁，開水已冷卻。托盤上放了三、四片烤剩下的年糕。網子底下可以看見小碟殘留的醬油色。

小六起身，

「聽得有趣嗎？」他問。

夫妻倆在暖桌充分暖和身體後，立刻就寢。

翌日宗助的心裡還是七上八下，幾乎與昨天一樣。下了班，照例搭乘電車，但是想到今晚安井也將和自己一樣前往坂井家作客，總覺得自己為了特地與那個人接近，這樣火速返家實在很不合理。同時想到安井後來不知有何變化，也很想躲在旁

邊探看一眼他現在的樣子

坂井前天晚上一口咬定自己的弟弟是「冒險家」。他的聲音如今在宗助的耳中尖銳響起。宗助從這句話中，想像各種自暴與自棄，不平與憎惡，亂倫與悖德，盲斷與決行，他在腦中試著描繪必然觸及這些東西一角的坂井弟弟，以及和他利害與共一起從滿洲來到東京的安井，如今會是什麼樣的人物。他描繪出來的畫面，當然是在冒險家這個字眼的許可範圍內，帶有最強烈色彩的形象。

宗助如此這般在腦中塑造出一個極力誇大墮落面的冒險家，總覺得自己必須負起全部的責任。他只是想看一眼來坂井家作客的安井，從安井的模樣想像安井如今的人格。並且，他渴望看到安井並未如自己想像中那麼墮落，藉以安慰自己。

他思忖著有沒有方便的位置可以讓他站在坂井家旁，在對方不知情的狀況下窺視對方。不幸的是，他並未想到可以藏身之處。如果是天黑之後才出現，雖然可以讓對方認不出自己，但同時也會讓自己看不清自黑暗中走來的對方面孔。

不久電車抵達神田。要像往常一般在這裡換車回家忽然令宗助感到痛苦。他的神經已無法忍受朝安井即將來臨的方向多走近一步。想躲在一旁偷窺安井的好奇心，打從一開始就沒那麼強烈，因此到了該換車的此刻，他終於再也按捺不住。他像眾多路人一樣走過寒冷的街頭。但他並不像眾人一樣抱持明確的目的。不久店內亮起燈光。電車也大放光明。宗助走進某家牛肉店喝酒。喝第一瓶時很專注。喝第二瓶時有點勉強。喝到第三瓶還是沒醉。宗助背靠著牆，露出無人作陪的那種醉漢眼神，茫然地凝視著某一點。

正值晚餐時間，進來用餐的客人絡繹不絕。大部分的人都只是很實際地填飽肚子便匆匆買單離開。宗助在周遭的喧嚷中保持沉默，他感到自己度過了別人的兩倍甚至三倍的時間，最後他終於再也坐不住，起身離開。

門口被左右兩邊的店面燈光照耀得亮晃晃。經過店面的路人帽子和衣服都能看得一清二楚。但是那燈光要照亮廣闊的寒冷未免還嫌太微弱。夜色對家家戶戶的瓦斯與電燈等閒視之，依然看似黑暗無垠。宗助穿著和這個黑夜世界同色調的深色外套步行。這時他覺得連自己呼吸的空氣都變成灰色，沁入了肺中的血管。

唯獨這晚，他壓根不想搭乘響起鈴聲、匆忙在眼前來來去去的電車。他忘記該如何與趕赴明確目的地的人們一同快步前行。而且他反省自己如無根浮萍一直在扮演漂泊浪子的心態。如果這種狀態長此以往該怎麼辦才好？他偷偷為自己的將來煩惱。從過去的經驗推知，時間終將治癒一切傷口——這句格言，一直被他根據自己的親身經驗深深鏤刻在心口。結果卻在前天晚上徹底瓦解。

他在黑夜中踽踽獨行，一心只想著如何逃離這種心情。那種心情非常脆弱徬徨，不安且不穩，太過膽小甚至顯得小家子氣。他在壓抑心頭的某種壓迫下，思考有什麼實際的方法可以拯救現在的自己，把壓迫的原因——自己的罪惡與過失，完全與這個結果切割開來。此刻的他已無暇顧及其他，變得完全自我本位。過去他一直靠著忍耐混跡社會。今後他必須積極地改造人生觀。而且那個人生觀不能靠著口述或耳聞。必須讓心靈的實質更加堅韌強壯才行。

他一路在口中喃喃重複宗教二字。但是那個聲音總在複誦之後立刻消失。就像有時你以為自己已一把攫住煙霧，張開手心卻發現不知幾時已消失無蹤，宗教是縹緲不定的文字。

一想到宗教，宗助就想起了坐禪的記憶。以前在京都時，他的同學曾去相國寺坐禪。當時他嘲笑對方的糊塗。他心想：「這年頭還搞這個……」那個同學平日的行為舉止看起來與自己並無分別，因此他更加感到對方的可笑。

事到如今他才想到，那個同學或許是有更深刻的動機，所以無懼於他的侮蔑，不惜耗費寶貴的時間也要去相國寺，於是他不免為自己的輕浮深感可恥。如果從以前就能靠坐禪的力量達到世俗所謂的安心或立命的境界，那麼就算必須向單位請假十幾二十天他也願意試試。然而他在那方面是道地的門外漢，因此並未浮現更明確的想法。

總算到家時，他看著一如往常的阿米，一如往常的小六，還有一如往常的起居室及客廳還有油燈與櫃子，深深自覺唯有自己處於不尋常的狀態下度過這四、五個小時。火盆的上方吊掛著一口小鍋，從鍋蓋的縫隙冒出蒸氣。火盆旁，他的老位子照例放著坐墊，前面已擺好餐盤。

宗助看著被刻意倒扣的飯碗，以及這兩三年來早晚慣用的木頭筷子，

「我不吃了。」他說。阿米聽了有點失望。

「這樣啊。你回來得太晚，我就猜你應該已經在哪兒吃過了，但我又怕你萬一還沒吃就糟了。」說著，她拿抹布端著鍋子兩端的握把，放到隔熱墊上。然後叫阿

清把餐盤收回廚房。

宗助如果碰上什麼意外，下班後立刻去別處直到很晚才回家時，向來總是一回來就會把事情原委大致告訴阿米。阿米通常也得聽完原委才安心。可是今晚，在神田下電車、進了牛肉店、勉強藉酒消愁的這些事他通通不想告訴妻子。毫不知情的阿米卻還是像平常一樣天真無邪地想追問原因。

「沒有任何特別的理由——總之只是在外面突然想吃牛肉。」

「然後飯後為了幫助消化，特地一路走回家嗎？」

「是的。」

阿米覺得滑稽地笑了。可宗助毋寧感到痛苦。過了一會，

「我不在家時坂井先生可曾派人來？」他問。

「沒有呀。怎麼了？」

「前天晚上我去時，他說要請我吃飯。」

「又要？」

阿米有點目瞪口呆。宗助就此結束對話上床就寢。有某種東西在腦中喧嚷閃

過。他不時睜眼一看，照例只有刻意調暗的油燈放在壁龕。阿米一臉舒坦地酣睡。就在不久以前還是自己睡得更香，阿米卻每個晚上都苦於睡眠不足。宗助對於如今雖然閉眼卻分明在聆聽次間鐘聲的這個自己，感到更加苦悶。那個時鐘起初連敲許多下。之後只鏗然敲響一下。那沉悶的聲音猶如彗星的尾巴，在宗助的耳中嗡嗡響了好一陣子。接著是敲響二下。那是異常寂寥的聲音。宗助在那期間好不容易下定決心必須活得更意氣風發。三點的鐘聲就在他似聽見似未聽見的朦朧中過去。四點、五點、六點的鐘聲他完全沒聽見。只有世界膨脹。天空起伏不定忽伸忽縮。地球彷彿是拿線吊著的小球，畫出巨大的弧形在空間搖呀搖。一切都是可怕的惡魔支配的幻夢。七點過後他霍然一驚，自這個夢境醒來。阿米還是照常微笑著屈身坐在枕邊。清亮的日光早已將黑暗的世界不知驅趕到何處。

十八

宗助懷裡藏著一封介紹信走進山門，這是從同事的某個熟人朋友那裡得來的。

同事是那種在通勤上下班的電車上會從西裝暗袋掏出《菜根譚》[34]閱讀的男人。對那方面缺乏興趣的宗助，甚至不知菜根譚為何物。有一天二人併排坐在車上，宗助問同事那是什麼。同事把黃色封面的小本書冊放到宗助的面前，告訴他這是一本妙書。宗助又問書裡寫了些什麼。當時同事似乎找不出適當的言詞可以扼要說明，只說應該算是禪學書籍吧，回答得很奇怪。因此宗助對同事這個回答印象深刻。

拿到介紹信的四、五天前，宗助去找了這個同事，突然問對方是不是在研究禪學。同事看著宗助異常緊張的臉孔似乎很驚訝，但他隨即說：「不，我沒有研究，只是當作消遣隨意看看那種書。」說完立刻逃走。宗助只好耷拉著因失望而鬆弛的下嘴唇怏然回到自己的位子。

那天下班時，他們又搭乘同一班電車。同事之前同情地觀察過宗助，似乎在他的問題背後發現遠超過閒聊的意味，因此比之前更親切地聊起那方面的話題。但同事坦承自己至今尚未親身體驗過參禪。如果想打聽詳情，幸好自己認識的熟人中有

34《菜根譚》，明代洪應明著。融合儒家中庸、釋家出世和道家無為等思想，並結合自身經驗，形塑為一套出世入世的法則。

個男人常去鎌倉可以介紹給他。宗助在電車上把那個人的姓名與地址抄寫在記事本上，隔天就拿著同事的介紹信專程繞道去拜訪。宗助懷裡的信函，就是那個人當場寫給他的。

他對單位稱病請了十天假。在阿米面前同樣謊稱生病。

「頭有點不舒服，所以我要休假一週去旅遊。」他說。阿米本來就覺得最近丈夫的樣子好像有點不對勁，內心正感到憂慮，因此很高興平日優柔寡斷的宗助這次如此果斷，但是也對他的突然決定嚇一跳。

「你說去旅遊，是要去哪裡？」她像要瞪眼似地詢問。

「應該會去鎌倉一帶吧。」宗助鎮定地回答。低調的宗助與時髦洋氣的鎌倉，幾乎八竿子扯不上關係。突然要把這二者連結到一起實在很滑稽。因此阿米也忍俊不禁，

「哎喲您可真有錢。也帶我一起去吧。」她說。宗助無暇品味愛妻的這個玩笑。他一本正經地辯解：

「我可不是去那麼奢華的地方。我要去禪寺借宿，讓腦子安靜休息個一星期至

十天。雖然不知道那樣是否會有幫助，但是去空氣新鮮的地方，大家都說腦子會截然不同。」

「那肯定是不同。所以你放心去吧。我剛剛真的只是開玩笑。」

阿米調戲善良的丈夫，多少感到有點內疚。隔天，宗助就立刻帶著拿到的介紹信，從新橋搭乘火車。

那封介紹信的封面寫著釋宜道師父收。

「之前他還只是個寺裡打雜的火頭僧，最近據說將塔頭[35]的舊庵房修繕之後住在那裡。等你到了不妨去拜訪看看。我記得那個庵房叫做一窗庵。」對方寫介紹信時還特地提醒，因此宗助一邊道謝收下介紹信，一邊聽了一堆火頭僧啦，塔頭等等新鮮名詞的解釋才離開。

走進山門，左右兩旁是巨大的杉樹高聳蔽日，因此道路忽然變得幽暗。接觸到那種陰森的氣氛時，宗助忽然醒悟紅塵俗世與寺中的區別。站在安靜腹地入口的

35 塔頭，禪寺的高僧圓寂後，弟子仰慕其德，建於高僧墓塔旁以便護塔的庵房。日後也指寺院內的小院或隸屬寺院的別院。

他，頭一次萌生類似察覺自己感冒時的那種惡寒。

他先筆直向前走。左右兩側與前方不斷有看似祠堂或寺院的建築出現。但是完全不見人影出入。悉數冷清地荒廢。宗助思忖該去何處才能向人打聽宜道的下落，一邊站在無人的路中央四下張望。

這座寺廟似乎是開闢山腳的土地，往上深入一兩百公尺而建，後方被樹林高高遮蔽。路徑左右也受限於不知是山坡還是山丘的地勢，似乎並不平坦。不時在略微隆起的地方還有石階層層堆砌，出現寺廟常見的高大門樓。宗助穿過兩三座這樣的門樓。也有幾處平地上有圍牆環繞。走近了一看，門瓦的下方都懸掛寫有院號或庵號的匾額。

宗助沿路參觀了一兩塊金箔剝落的舊匾額，驀然想到應該先從一窗庵找起，如果那裡沒有信封上寫的那位僧人，再往裡面走去繼續找人會更方便。然後他掉頭一一檢視塔頭，這才發現一窗庵就在進山門之後右手邊的高聳石階上。因為位於山丘的邊緣所以日照充足，空曠的玄關口近在眼前，彷彿要窩在後方山丘的懷抱取暖熬過冬天。宗助穿越玄關，從廚房走進脫鞋口。來到走廊口的拉門處，他喊了兩三聲

「有人在嗎」。但是沒有任何人出現。宗助在那裡站了一會，窺視裡面的樣子。等了又等還是沒動靜，宗助感到不可思議，又走出廚房折返門口的方向。這時石階下方走來一個剛剃過的頭皮閃著青光的和尚。年紀看似只有二十四、五歲，有張年輕白皙的臉孔。宗助在門扉處等候，

「請問這裡有位宜道師父嗎？」他問。

「我就是宜道。」年輕的和尚回答。宗助有點吃驚，也有點開心。他立刻從懷裡取出那封介紹信交給對方，宜道站在原地拆信，當場瀏覽。最後把信紙折好塞進信封，

「歡迎你來。」說著，他客氣地一鞠躬，率先替宗助帶路。二人在廚房脫下木屐，拉開門進屋。屋內有個巨大的地爐。宜道脫下灰色棉袍外面罩薄的粗糙袈裟掛在釘子上，

「很冷吧。」說著，從灰燼底下掘出深埋在地爐裡的木炭。

這個僧人雖然年輕，說話態度卻非常沉穩。他低聲做出應答後，莞爾一笑的樣子，給宗助的感覺簡直像女人。宗助在心裡暗忖，這個青年是在什麼樣的機緣下斷

然削髮為僧呢？他那種溫順的樣子，多少令人感到有點可憐。

「這裡好像很安靜，今天大家都不在嗎？」

「不，不只是今天，向來都只有我一人。因此有事的時候，我就會敞著門直接出去。剛才也是去下面辦點事情。所以難得你遠道來訪久候，真是不好意思。」

宜道這時再次為自己的外出向遠道而來的訪客致歉。這麼大的庵堂，只交給一個人打理就已夠辛苦了，如果再來打擾他肯定會給他添麻煩吧，宗助流露一絲愧疚。這時宜道優雅地說：

「哪裡，千萬別客氣。這都是為了道法。」並且告訴宗助，眼下自己這裡除了宗助還收留了另一位居士。這個居士來山裡已有二年。宗助是在兩三天之後才第一次見到這位居士，此人是個長相滑稽如羅漢的隨和男子，拎著三、四條細瘦的白蘿蔔，宣稱今天買了好菜，交給宜道煮來吃。宜道和宗助也陪他一起吃。宜道笑著說，這位居士因為長相像和尚，所以經常混在僧堂的眾人之中，去村子裡蹭齋飯吃。

另外也聽了不少俗家信徒來山裡修行的故事。其中有個賣筆墨的男人，每次他都會在身後揹滿貨物，花二十至三十天的時間四處兜售，等貨物差不多都賣光後就回到山裡坐禪。過一陣子沒錢吃飯了，就再次背起筆墨出去行商。這種雙面生活，幾乎如同循環小數一樣重複，永遠不知厭倦。

宗助將這些乍看之下無牽無掛的人們過的日子，與自己現在的內在生活相比，不由為那差異之大驚愕不已。是因為身分如此逍遙才能夠專心坐禪，抑或是因為坐禪才能夠有如此逍遙的心態？他很迷惘。

「千萬不可輕鬆看待。如果坐禪能夠當成消遣，也不會有行腳僧苦行二十年乃至三十年了。」宜道說。

宜道說明了坐禪時的一般常識、老師會提出的禪宗公案[36]，以及必須咬定公案不放鬆，不分早晚晝夜不斷思考咀嚼等等，做出對於現在的宗助而言完全沒概念的建議後，

「我帶你去房間吧。」宜道說著便站起來。

走出有地爐的房間，橫越正殿，來到位於外側的三坪和室，從簷廊拉開紙拉

36 以古代禪師開悟的故事、非邏輯的言行，作為參禪時思惟的內容。這類的故事或言行稱為公案。

門，被帶進室內時，宗助第一次切實感到自己已隻身來到遠方。但是腦中，或許是與周遭的幽靜成對照，反而比起在城市時更加惶惑不安。

大約過了一小時之後，宜道的腳步聲又從正殿傳來。

「老師說要見你，如果方便的話現在就走吧。」宜道說著，鄭重在門口屈膝行禮。

二人又離開寺院聯袂走出。沿著山門那條路大約朝裡走了一百公尺，左側出現蓮花池。如今天寒地凍，因此池中只見一片濁水沉積，毫無清淨的情趣，但是對面高處的石崖邊，有簷廊圍著欄杆的廂房向外伸出，平添一種文人畫的風采。

「那裡就是老師的住處。」宜道指著那間比較新的建築物說。

二人經過蓮花池前面，走上五、六級石階，仰望著正面的大型寺院的屋頂立刻左轉。走到玄關時，宜道說，

「抱歉失陪一下。」他獨自繞到後門口，不久從室內出來，

「請進。」宜道帶路，陪他一同去見老師。

那位老師看起來年約五十。有一張黝黑發亮的臉龐。皮膚與肌肉都很緊繃，渾

身上下無懈可擊，在宗助的心頭鏤刻一種銅像的印象。但是老師的嘴唇太厚，看起來有幾分鬆弛。相對的，他的眼中，閃現一種普通人絕對看不到的精光。宗助第一次接觸到那種視線時，彷彿在黑暗中猝然看到白刃。

「從何處進來都一樣。」老師對宗助說。「父母未生以前的本來面目為何，不妨思考看看。」

宗助不太理解「父母未生以前」的意思，但他判斷大概是要探究自己究竟為何物，試著捕捉那個本體。若要再繼續談下去，自己對禪學實在太欠缺知識，因此他又默默在宜道的陪伴下回到一窗庵。

晚餐時宜道告訴宗助，去老師那裡做公案答辯的時間分為早晚二次，老師講經的時間是在上午，並且親切地告訴他：

「今晚你或許無法立刻對公案做出見解，所以明早或者明晚我再來邀你。」同時也不忘提醒宗助，一開始打坐會很痛苦，所以可以插根香用那個來計算時間，視情況略作休息。

宗助拿著線香，經過正殿前方回到自己被分派到的三坪房間，茫然呆坐。照他說來，所謂的公案，性質顯然與自己的現在風馬牛不相干。就好像自己現在正飽受腹痛折磨。當他懷抱著腹痛的煩惱前來求助，不料，對方卻給他一個艱深的數學題目當作對症療法，還叫他最好思考看看這個題目。既然叫他思考，當然不是不能思考，但那好歹也得等他的腹痛痊癒之後再說。

同時，他可是向單位請假專程來到此處。無論是對寫介紹信的人，或是對諸事替他打點的宜道，他都無法做出輕率的舉動。他決定姑且先盡量鼓起自己能有的最大勇氣去面對公案。至於那會把他帶去什麼地方、為他的心靈帶來何種結果，他自己也一無所知。他被「頓悟」這個美名欺騙，企圖嘗試與他的平日生活不搭調的冒險。而且，他還抱著縹緲的希望，只盼如果這次的冒險成功了，或許可以拯救現在這個不安不定脆弱無比的自己。

他在冰涼的火盆灰燼中燃起細細的線香，按照對方教的方式在坐墊上盤腿打坐。白天還不當一回事的房間，到了天黑後忽然變冷了。坐久之後，實在受不了令背上冒出陣陣寒意的冷空氣。

他在思考。但是思考的方向，以及思考的問題實質，都模糊得幾乎無從捕捉。他一邊思考，一邊懷疑自己是否做出了非常糊塗的舉動。他感到自己現在的行為，比起要去救火的前一刻才臨時取出詳細的地圖查閱街道名稱與門牌號碼，更加荒謬離奇。

種種念頭閃過他的腦中。有的清晰可見。有的一片混沌如雲飄動。不知從何而來去向何處。只是不斷消失，又不斷有新的出現。而且無休無止絡繹不絕。經過腦中的事物，無限無數無窮盡，絕非宗助的命令能夠挽留或停駐。越是想中斷，就越滾滾湧現。

宗助感到害怕了，於是急忙喚醒日常的自我，重新眺望室內。室內被微弱的燈光隱約照亮。插在灰燼中的線香，只燒了一半。宗助這才發現時間漫長得可怕。

宗助又開始思考。於是，立刻有種種紛亂的色彩與形貌在腦海穿梭。他們像成群的螞蟻緩緩遠去，之後又像絡繹不絕的螞蟻再次湧現。文風不動的只有宗助的身體。心靈惆悵地、苦澀地、難以忍受地不停動搖。

最後連文風不動的身體也從膝蓋開始作痛。挺直的背脊漸漸向前方彎曲。宗助雙手抱著左腳的腳背把腳放下，他毫無目的地在室內站起來。他忽然很想拉開門走出去，在門前不停兜圈子。夜晚悄然無聲。似乎找不到任何睡著的人和醒著的人。

宗助喪失了出門的勇氣。動也不動地活著並且飽受妄想折磨令他更加恐懼。

他鼓起勇氣又點了一支香。然後再次重複幾乎與之前完全相同的過程。最後，他覺得如果思考是目的，那麼坐著思考和躺著思考不是一樣嗎？他把房間角落堆放的破舊被子攤開鋪好，鑽進被窩。於是打從剛才的疲憊令他無暇思考便已落入深沉的睡眠。

醒來時枕畔的紙拉門不知幾時已透亮，白紙上逐漸有曙色在移動。白天也不用留下人員看守的山寺，入夜後也不聞關門聲。宗助意識到自己並非睡在坂井家崖下那個陰暗房間，於是立刻起床。他走到簷廊一看，簷角有高聳的巨大仙人掌映入眼簾。宗助再次穿過正殿的佛壇前，去昨天那個有地爐的起居室。那裡和昨天一樣掛著宜道的袈裟。而宜道本人正蹲在廚房的爐灶前生火。他一看到宗助，

「早安。」他殷勤地打招呼。「剛才本想邀你一起去，但你好像睡得很熟，所以我就自己去了。」

宗助這才知道年輕的僧人已經在今早的黎明時分參禪完畢，而且回來之後正在煮飯。

一看之下，宜道左手不斷放進木柴，右手則是拿著黑色封面的書，趁著空檔在看那本書。宗助因此詢問宜道那本書的名稱。對方回答的是《碧巖集》[37]這個艱深的名稱。宗助暗自思忖，與其像昨晚那樣沉溺於漫無邊際的思緒徒然令大腦疲乏，還不如乾脆借幾本那方面的書籍閱讀，想必才是抓住要領的捷徑吧？他對宜道這麼一說，宜道二話不說就駁斥宗助的想法。

「看書是下下策。簡而言之，讀書正是最妨礙修行的東西。別看我這樣閱讀《碧巖集》，但是如果碰上超出自己程度的內容，我就完全抓瞎了。如果因此養成隨意揣摩的習慣，反而會成為打坐時的妨礙，期待超乎自己程度的境界或是一心只等著頓悟，結果在本該充分深入探索的地方遭到挫折。那樣會有很大的害處，所以我勸你最好打消念頭。如果非要閱讀什麼，那就看《禪關策進》[38]這種可以鼓舞或激

37 即《碧巖錄》。由雪竇重顯（980-1052）挑選出當時最重要的公案，圜悟克勤（1063-1135）加上評語注解編纂而成。鎌倉時代末期傳入日本，被臨濟宗視為宗門第一要書。

38《禪關策進》，中國明代的雲棲寺袾宏編纂。內容包括參禪的模範與先師的甘苦談。是禪宗的入門書，日本自江戶時代廣泛閱讀。

勵人們勇氣的書吧。就連那個，都只是為了方便激勵精神才閱讀，與道法本身完全無關。」

宗助不太懂宜道的意思。站在這個頂著大光頭的年輕僧人面前，他覺得自己簡直像一個低能兒。他的傲慢自京都時代以來早已消磨殆盡。他一直守著平凡的本分活到今天。俗世名利是距離他的心靈最遙遠的東西。他只是以本來面目站在宜道的面前。而且他不得不承認，現在的自己是比平日遠遠更加無力無能的赤子。這對他而言是個新發現。同時也是幾乎徹底扼殺自尊心的發現。

在宜道把灶火熄滅燜米飯時，宗助從廚房走下院子去水井洗臉。眼前就是長滿雜樹林的山丘。山腳較平坦的地方被開拓成了菜園。宗助任由濕淋淋的腦袋暴露在冷空氣中，特地一路走到菜園。然後，他在那裡發現朝山崖橫向往裡挖的大洞穴。宗助在那洞穴前站了一會，眺望黑暗的深處。最後他回到起居室，地爐已升起溫暖的火焰，鐵壺傳來開水沸騰的聲音。

「人手不足，所以耽誤了時間很抱歉。趕緊吃飯吧。不過這種地方也沒什麼好招待的真是傷腦筋。明天再請你好好泡個熱水澡。」宜道說。宗助滿心感激地在地爐對面坐下。

之後吃完飯，回到自己房間後，宗助又面對父母未生以前這個稀有的問題，兩眼發直，動也不動地思考。然而，這本來就是毫無脈絡，因此也無從發展鋪陳的問題，因此不管他怎麼思考都無處著手。之後他很快就厭煩了思考。宗助忽然想到，自己應該寫封信告訴阿米已經抵達此地。他彷彿很高興終於有一樁俗事可做，立刻從袋子取出信紙與信封，開始動筆給阿米寫信。首先提到這裡的閑靜，許是因為靠近海邊，氣溫比東京溫暖，空氣清新，別人介紹的僧人非常親切，食物很難吃，寢具不夠乾淨……寫著寫著已有三尺餘的長度，於是他就此擱筆，但是為公案傷透腦筋、坐禪弄得膝關節疼痛，以及不斷思考似乎令神經衰弱更嚴重之類的事情他隻字未提。他以這封信必須貼上郵票投入郵筒為藉口，立刻下山。然後在父母未生以前這個公案，以及阿米與安井的威脅下徘徊村中良久才回來。

中午，他見到了宜道提過的那位居士。居士取出飯碗大剌剌讓宜道替他盛飯時，毫無不安也沒有開口，只是合掌致謝，比出手勢。據說如此安靜地行事才是佛法。不說話，不出聲，據說是為了不妨礙思考。原來必須認真到如此地步啊？宗助不由得對自己昨晚迄今的表現感到羞愧。

飯後三人圍著地爐聊了一會。居士說，自己曾在坐禪時不知不覺打瞌睡，驀然醒來時，發現自己居然頓悟了，當下大喜過望，睜眼一看卻發現還是原來的自己因此很失望。宗助聽了哈哈笑。想到也有人是以如此輕鬆的心態參禪，宗助多少比較安心了。但在三人分頭回自己房間時，宜道一本正經地勸說：

「今晚我再來邀你，接下來到傍晚這段時間你要好好打坐。」宗助頓時又感到某種責任。他懷抱著彷彿堅硬的糯米糰在胃裡消化不良的不安，回到自己的房間。然後再次焚香打坐。可是他無法堅持到傍晚。明知無論是何種解答好歹都得交出一個答案，但他最後還是失去毅力，一心只盼望宜道趕緊穿過正殿來通知他吃晚餐。

日光在他的懊惱與困頓中逐漸西斜。映在紙拉門上的日影慢慢遠離，山寺的空氣也逐漸從木頭地板下方開始冒出寒氣。從早上就無風吹動樹枝。他走到簷廊，仰望高高的屋簷，只見黑瓦片整齊劃一地排成長長一列，除此之外只有沉靜的天空，蒼藍的光芒逐漸沉落底層，自然而然慢慢淡去。

十九

「小心危險。」宜道說著率先走下黑暗的石階。宗助尾隨在後。與城市不同，此地入夜後便黑暗難行，因此宜道提著燈籠照亮這短短的一小段路。走下石階後，大樹的樹枝從左右兩方伸展出來彷彿要罩住二人的頭頂般遮蔽天空。雖然黑暗，但蒼鬱的葉色沁染二人的衣物紋路令宗助感到渾身冷颼颼。燈籠的燈火也多少映出那種色調。或許是因為有巨大的樹幹在另一方可供想像，燈籠顯得異常渺小。光線落在地面上僅及數尺。被照亮的部分形成明亮的灰色斷片，倏然落在黑暗中。並且隨著二個人影的移動跟著晃動。

走過蓮花池，朝左向上走，對於第一次在這裡走夜路的宗助而言，腳下有點難行。木屐的屐齒被牢牢埋在土中的石頭絆住一兩次。從蓮花池前面也有一條小路可以橫越，但這條路崎嶇不平，宜道說對於不習慣的宗助而言就算是近路恐怕也不好走，因此才特地帶宗助走大路。

走進玄關，昏暗的脫鞋口擺滿木屐。宗助彎腰，悄悄跨越以免踩到別人的鞋子。室內約有四坪大。牆邊有六、七個男人並排坐著。其中也有光頭穿著黑色袈裟的僧侶。其他人大致都是穿日式裙褲。這六、七個男人空出入口與通往後院的三尺長走廊口，規規矩矩地排成直角。而且不發一語。宗助第一眼看到這些人，就被那種嚴峻的氛圍吸引。他們全都緊抿著嘴，煞有介事地用力蹙眉，壓根不想瞧瞧身旁有什麼樣的人。不管任何人從外面進來，他們全然不以為意。他們就像活雕像似地謹守己心，在沒有生火的室內肅然端坐。在宗助的感覺中，室內除了山寺的寒冷，更添一種莊嚴氣息。

之後在寂靜中傳來某人的腳步聲。起初聲音低微，逐漸用力踩踏地板，朝宗助坐的位置接近。最後有一名僧人倏然自走廊口現身。僧人走過宗助的身旁，默默朝外面的黑暗走去。遠方的後院隨即響起搖鈴聲。

這時與宗助並排坐著保持嚴肅的男人當中，穿小倉裙褲的人沉默地站起來，走到房間角落的走廊口正對面坐下。那裡在高二尺寬一尺的木框中，掛了一面形似銅鑼，卻比銅鑼更沉重厚實的東西。微弱的燈光照亮那蒼黑的色澤。穿裙褲的男人，拿起台子上的木槌，朝形似銅鑼的掛鐘中央敲了二下。接著站起來，走出走廊口，朝後院走去。這次和之前相反，隨著腳步聲逐漸遠去，聲音變得幽微。最後倏然在某處停止。宗助坐著，赫然一驚。他想像在這穿裙褲的男人身上此刻想必正發生某件事。但後院一片死寂。與宗助並排坐著的人，沒有任何人的臉色出現變化。但宗助在心裡等著後院的某種事物。這時忽然有搖鈴聲在他耳中響起。同時，只聞腳步聲走過漫長的走廊朝這邊接近。穿裙褲的男人再次自走廊口現身，默默走下玄關，消失在冰霜之中。緊接著又有一個男人站起，敲響之前的鐘。然後，同樣沿著走廊朝後院走去。宗助看著這在沉默中進行的秩序，把手放在膝上，等待輪到自己。

隔了一個人排在自己前面的男人起身走去時，過了一會，哇地一聲大叫自後院傳來。那個聲音距離遙遠，因此並沒有強烈到震動宗助的耳膜，但是的確力道十足。並且帶有出自某人咽喉的個人特色。排在自己前面的那個人起身時，宗助意識到終於將要輪到自己，頓時失去了鎮定。

宗助對於之前的公案，已準備了自行思考的解答。但是，那只不過是毫無把握的膚淺答案。既然要入室參禪，就不能不提出某種見解，所以他只好把說不通的地方勉強自圓其說，敷衍了事地虛應故事。他作夢都沒想過能夠憑藉這麼沒把握的解答僥倖通過難關。當然更不是要故意唬弄老師。此刻的宗助多少還是有點認真。對於自己拿著分明是畫餅充飢的胡亂想法，為了面子不得不入室參禪的空虛，他深感可恥。

宗助像其他人一樣敲鐘。而且在敲鐘的同時很清楚自己並沒有像他人一樣敲鐘的權利。他覺得自己就像是模仿人類的猴子，充滿自我厭惡。

他對心虛的自己感到惶恐，走出門口沿著寒冷的走廊邁步。走廊很長。右側的房間一片漆黑。拐過二個轉角，對面偏屋的紙拉門映出燈影。宗助來到門口站住了。入室參禪的人按照規矩必須向老師行三拜禮。跪拜的方式就像一般行禮那樣把頭貼近榻榻米，同時將雙手手心向上張開，放在腦袋左右兩側，像要捧著東西似地把手抬高到耳朵的高度。宗助在門口按照規矩行禮跪拜。這時室內響起一個聲音，

「一拜即可。」於是宗助省略剩下的拜禮走進室內。

室內只有昏暗的燈光照亮。那微弱的光線，連大字印刷的書籍都看不清楚。宗助回憶過去的經驗，想不出有誰能夠憑藉如此微弱的燈火在夜裡活動。這樣的光線當然比月光明亮。卻又不像月色那麼蒼白。但是只差一點就會讓人沉入朦朧的境

界。

在這靜謐模糊的燈火下，宗助看到距離自己四、五尺的正對面，就是宜道口中的老師。他的臉孔同樣如鑄鐵打造文風不動。呈現古銅色。全身披掛似生柿似熟柿又似茶葉色調的袈裟。看不見手腳。只能看到頸部以上。頸部以上的部分，安於極度的嚴肅與緊張，彷彿無論再過多久都不虞改變地魅惑眾生。而且老師的頭上一根毛也沒有。

在老師面前頹然坐下的宗助只說了一句話就已詞窮。

「必須拿出更犀利的見解來才行。」宗助立刻被批評。「這種答案只要稍有學問的人誰都說得出來。」

宗助如喪家之犬退出房間。身後有搖鈴聲激烈響起。

二十

紙門外響起二聲喊野中先生的聲音。宗助在半睡半醒中以為自己已經回應了，但是話聲方落，早已失去知覺，再次不省人事陷入昏睡。

第二次醒來時，他驚慌地跳起。走到簷廊一看，宜道用帶子綁起灰色棉袍的袖子，正在勤快地擦拭四周。凍得紅通通的雙手一邊扭乾濕抹布，照例露出和顏悅色的柔和面孔，

「早安。」他打招呼。今早他也已參禪完畢，才回庵裡這樣做清潔工作。宗助反省對方特地來叫醒自己，自己卻不肯起床的怠慢，當下感到極為尷尬。

「今早我睡迷糊了很抱歉。」

他匆匆從廚房門口去水井，汲取冰冷的井水後盡快盥洗。臉頰上新長出來的鬍子已經硬得扎手，但現在的宗助無暇苦惱那個問題。他頻頻拿宜道與自己對照著思考。

根據當初拿到介紹信時在東京聽到的說法，宜道這個和尚，脾氣非常好，修行迄今已經頗有成果，但實際見了面才發現，宜道就像目不識丁的小廝一樣客氣。看他這樣挽起袖子賣力工作，實在不像一個獨立的庵院主人。倒更像是打雜管帳的和尚或小沙彌。

這個矮小的年輕僧人，尚未出家前，只是以普通民眾的身分來此修行時，曾經趺坐七天動也不動。最後雙腳痠痛站不起來，上廁所時，只能勉強扶著牆壁挪動身體。當時的他是個雕刻家。見性悟道的那一天，他在狂喜之下衝上後山，大聲叫喊「草木國土悉皆成佛」。之後終於剃度出家。

他接管這座庵院迄今已有二年，但他說至今還沒有好好鋪床自由自在地伸長雙腿睡過一覺。即便冬天也是衣著整齊地靠牆坐睡。他說以前在寺裡打雜時，還得替老師洗內褲。如果利用為數不多的閒暇偷空打坐，就會被人從身後惡意干擾甚至唾罵，剛剃度時他經常懊悔自己到底是為了什麼當和尚。

「熬到現在總算稍微輕鬆一點了。不過今後日子還很長。修行其實很苦。如果有那麼簡單，我們就算再笨，也不可能這樣吃苦受罪一二十年。」

宗助只覺得惘然。他對自己欠缺毅力與精力恨得牙癢癢的，如果必須耗費如此漫長的歲月才能有所成就，那麼自己到底為何大老遠跑來這荒山野地，首先就是一大矛盾。

「保證你絕對不會吃虧。打坐十分鐘，就有十分鐘的功，打坐二十分鐘，當然就有二十分鐘的德。而且只要順利克服最初的難關，之後就用不著一直這樣待在此地了。」

宗助礙於規矩不得不再次回到自己的房間打坐。

這時宜道來了，

「野中先生，老師要講經了。」宜道邀他一起去，宗助衷心感到高興。面對不知從何下手的難題，一直坐著不動愁眉苦臉，令他感到非常惆悵。無論是再怎麼消耗精力的工作都沒關係，此刻他只想稍微積極一點地活動身體。

講經的地點，距離一窗庵同樣有一百公尺遠。經過蓮花池前，這次沒有左轉而是筆直向前走，最後會看到屋瓦層層疊疊的高聳屋簷出現在松林間。宜道懷裡塞著一本黑色封面的書。宗助當然是兩手空空。他甚至是來到此地後才知道，所謂的講經就像是學校的授課。

房間與高挑的天花板成比例，廣闊清冷。老舊褪色的榻榻米色調與古老的柱子相互輝映，彷彿道出過往歷史般寂寥。坐在那裡的人們看起來也都很不起眼。人人各自占據不同的位子，但是沒有任何人高聲談笑。僧人都穿著深藍色麻布袈裟，在正面的曲錄椅[39]左右列隊各站一排。那張椅子塗著朱漆。

之後老師出現了。一直盯著榻榻米的宗助，完全不知他是經過何處、從何處出現的。宗助只是看著他從容不迫地倚靠椅子的穩重姿態。一名年輕僧人起身，解開紫色包袱巾，從中取出書籍，恭恭敬敬地放在桌上，然後再次行禮退下。

這時堂上的僧侶一同合掌，開始念誦夢窗國師[40]的遺訓。分別坐在宗助前後的居士也齊聲附和。一聽之下，那既像是念經，又像是普通講話，是帶有某種節奏的文字。「我有三等弟子。所謂斷然放棄俗世因緣，專心究明己事者為上等。修行不純偏好雜學者，謂之中等」云云，內容並不長。宗助起初根本不知道夢窗國師是何方神聖。宜道告訴他，這位夢窗國師與大燈國師[41]是禪門中興始祖。據說大燈國師平生跛足無法趺坐為之羞憤，死前說今日一定要如我所願，一邊勉強屈起那隻跛足結跏打坐，結果鮮血染遍袈裟。這個故事也是當時從宜道那裡聽來的。

39 高僧說法講經坐的椅子。因椅背彎曲呈弧形而得名。
40 夢窗疏石（1275-1351），鎌倉末期的臨濟宗禪僧。創建京都的臨川寺、天龍寺等。
41 宗峰妙超（1282-1337），鎌倉末期至南北朝的臨濟宗禪僧。是臨濟宗大德寺派始祖。

之後開始講經。宜道從懷裡取出那本書，把書往宗助那邊推以便二人一起看。那是《宗門無盡燈論》這本書。第一次聽經時，宜道告訴宗助：「這是本好書。」據說是白隱和尚[42]的弟子東嶺和尚編纂，主要內容是針對修行禪學者，井井有條地寫出由淺入深的路徑以及隨之產生的心境變化等等。

中途加入的宗助，其實聽不太懂，不過主講人的口才極佳，默默聽久了，倒也聽得興味盎然。而且或許是為了鼓舞參禪者，主講人擷取古往今來苦於斯道的人們種種經歷作為例子，令內容變得更加精采。這天也是如此，但是講到某處，主講人突然語調一轉，

「最近有人入室參禪，卻抱怨產生妄想無法靜心。」主講人突然指責參禪者不夠虔誠，宗助不由暗自一驚。入室參禪時如此抱怨的正是他自己。

過了一小時，宜道與宗助聯袂又回到一窗庵。回來的路上，宜道說：

「那樣講經時，經常嘲諷參禪者的不用心。」

宗助聽了沒有回話。

二十一

山中歲月就這麼日復一日地過去。阿米已經寄來二封長信。不過這二封信上都沒有提到什麼煩心事足以擾亂宗助的心神。宗助平時雖然很關心妻子，此時卻懶得回信。他總覺得離開山寺之前，如果不能設法解決之前的問題，就等於白來一趟，而且也對不起宜道。清醒時，這種感覺令他不斷受到一種難以名狀的壓迫。因此隨著日落日升，在山寺看到的太陽次數逐漸增加，總覺得好像有人在後追趕令他非常焦慮。但他除了最初的解決方案，沒有任何辦法可以接近這個問題一步。他想了又想還是確信這個最初的解決方案最可靠。但這只是理智上剖析出的想法，感情上始終缺乏動力。他想拋下這可靠的方案，試圖尋求更牢靠的辦法。但他絲毫找不出那樣的辦法。

他在自己的房間獨自思考。累了就從廚房走下院子去後面的菜園，然後鑽進崖下挖出的橫穴，動也不動。宜道說那樣會分心不是好事。宜道還說必須漸漸聚精會

42 白隱慧鶴（1685-1768），江戶中期的臨濟宗禪僧。致力普及禪學，被譽為中興之祖。

神，最後讓思緒像鐵棍一樣堅定專一才行。這種說明宗助聽了很多，但實際上要執行卻很困難。

「那是因為你的腦中已有想要怎麼做的企圖所以才做不到。」宜道又這麼告誡他。宗助越發窘迫。他忽然想起安井。安井如果頻繁出入坂井家，決定暫時不回滿洲的話，那麼自己夫妻趁現在搬離那間租屋另謀住處方為上策。與其在這種地方拖拖拉拉，不如早點回東京處理搬家事宜或許更實際。否則夜長夢多，被阿米發現了只會增添更多煩惱。

「像我這種人終究不可能開悟。」他鑽牛角尖似地攔下宜道說。那是在回家的兩三天前。

「不，只要有信念，人人皆可悟道。」宜道毫不猶豫地回答。「你不妨秉持以法華宗精神全力擊鼓的心態試試看。當你從頭到腳悉數被公案充實時，自有一番新天地俄然出現眼前。」

可惜以自己的處境及個性，並不適合刻意採取如此盲目且猛烈的行動，這令宗助深感悲傷。更何況自己在這山中的日子本就有限。說到底，他是個打算直接切斷生活的糾葛，結果反而糊塗誤入山中的蠢貨。

他心裡雖然這麼想，卻沒那個勇氣在宜道面前斷然說出。他衷心對這位年輕禪僧的勇氣與熱心、認真、親切致上敬意。

「有句話說『道在邇而求諸遠』，這是真的。雖然近在鼻尖前，卻就是沒發現。」宜道不勝遺憾地說。宗助再次退回自己的房間焚香。

這種狀態，很不幸地，直到宗助必須離開山寺的那天為止，一直沒有機會開創明顯的新局面。到了要出發的那個早上，宗助乾脆地拋開留戀。

「承蒙你諸多照顧。雖然遺憾，但也莫可奈何。今後恐將無緣相見，還請善自珍重。」他向宜道致謝。宜道一臉同情。

「談不上照顧，萬事不周想必讓你受委屈了吧。不過打坐這麼多天，肯定有很大的改變。不枉你專程來這一趟。」宜道說。但是宗助明顯自覺自己簡直像是來消磨時間。讓人家這樣替自己打圓場，也是因為自己太沒出息，想到這裡令他暗自羞慚。

「開悟的快慢端視個人天性，唯獨這點沒有優劣可言。有人入門很快之後卻毫無進展，也有人起初耗費很久的時間，到了緊要關頭卻豁然貫通。所以你千萬不要失望。虔誠最重要。已故的洪川和尚[43]，本來是儒教信徒，中年才開始學佛，但是剃度三年還是一竅不通。他說是因為自己罪業深重才無法悟道，甚至會每天早上朝廁所行禮，可他日後卻有了那麼淵博的知識。這正是最好的範例。」

宜道講這種話，似乎是在事先給予間接提醒，暗示宗助回到東京後也不能完全放棄禪學。宗助恭謹聆聽宜道的建言，但在心裡卻感到大勢一半已去。宗助來到門口請人開門。但門房站在門的那頭，任憑自己敲了又敲始終沒有露面。只聽到對方的聲音說：

「敲門也沒用。有本事就自己開門進來。」

他思忖該怎樣才能打開這扇門的門閂。而且那個手段與方法顯然已在他的腦中。但是他完全沒有養成實際開門的能力。因此自己所處的位置，和沒有思考這個問題的往昔毫無分別。他依然無能無力地被鎖在門外。他平日一直是靠著自己的判別能力活到現在。這個判別能力如今卻跟他作對。他羨慕打從一開始就不知取捨或斟酌的蠢貨那種一根筋。或者說，他景仰那些信念篤實的善男善女忘卻智慧、不假思索的虔誠。他自己似乎是命中注定只能永遠徘徊門外。那沒有是非對錯可言。然而，既然是進不了的門，為何還要大費周章特地走到這裡，想想實在很矛盾。他回顧身後。但他終究沒有勇氣原路折返。他展望前方。前方被堅固的門扉永遠遮蔽視野。他不是能夠走進那扇門的人。亦非不用走進門內也沒關係的人。簡而言之，他是個只能在門外呆然佇立，等待天黑的苦命人。

宗助啟程前，與宜道聯袂去向老師辭行。老師把二人帶進蓮花池上方那個簷廊有欄杆的廂房。宜道親自去次間端茶出來。

「東京想必還很冷。」老師說。「如果稍微掌握到一點眉目再離開，回去後也會比較輕鬆。真遺憾。」

宗助對老師的這番臨別贈言客氣致謝，又走出十天前走進的山門。壓在屋瓦上的蒼鬱杉樹，封鎖了嚴冬，黑壓壓地聳立在他的身後。

---

43 今北洪川（1816-1892），幕末至明治初期的臨濟宗禪僧。初學儒學，後入禪門，成為鎌倉圓覺寺的住持。致力向一般大眾推廣禪學。

二十二

終於跨進家門的宗助，潦倒的模樣連自己都覺得可憐。過去十天，他每天早晨只用冷水擦頭，壓根沒有梳理過。鬍子更是無暇刮除。在宜道的好意下一日三餐雖然吃到白米飯，但是說到配菜，頂多只有青菜或煮蘿蔔。他的臉色自然變得慘白。比起離家前多少有點憔悴。而且他還沒擺脫在一窗庵不斷思考的習慣，多少還留有母雞孵蛋那種戰戰兢兢的心情，腦子無法像平時那樣運作自如。可另一方面，又很在意坂井的事。比起坂井本身，他更惦記的是坂井在宗助面前以「冒險家」形容的弟弟，以及弟弟的朋友——那個令他心頭騷動不安的安井的消息。但他沒有勇氣自己去房東家問個明白。更不可能間接向阿米打探此事。他甚至在山寺時都天天提心吊膽，只盼阿米不會對此事件有所耳聞。宗助坐在長年住慣的家中客廳，

「即便只是搭乘短程火車，或許是心理作用，還是一樣會累呢。我不在家時有沒有什麼事情？」他問。實際上，他的確露出連短程火車旅行都不堪承受的神情。

阿米甚至擠不出她原本隨時隨地都不忘在丈夫面前展露的微笑。不過，面對才

剛從療養地歸來的丈夫，她不忍心露骨地告訴丈夫他看起來似乎比出門前更不健康。她故意活潑地說：

「就算再怎麼療養，一旦回到家，還是會有點疲倦吧。不過你也太像個糟老頭子了。拜託你休息一下就趕緊去澡堂，把頭髮理一理，鬍子也刮一刮。」說著，還特地從桌子抽屜取出小鏡子給丈夫看。

宗助聽到阿米的話，這才感到一窗庵的空氣隨風消散。一旦離開山寺回到家，他又是原來的宗助了。

「坂井先生後來沒有來咱們家說什麼嗎？」

「完全沒有。」

「也沒提起小六的事？」

「沒有。」

小六去圖書館了不在家。宗助拿著毛巾與香皂去澡堂了。

翌日去上班，大家都關切地問宗助病情療養得如何。其中也有人說他好像瘦了一點。在宗助聽來那似乎是無意識的冷嘲。閱讀《菜根譚》的同事問他此行是否順利。宗助覺得這個問題戳中了他的痛處。

那晚阿米和小六也輪番盤根究底地追問鎌倉的事。

「一定很輕鬆自在吧？不用留人看守就可以出門。」阿米說。

「所以一天要出多少錢才能讓對方同意收留？」小六問。「如果扛著獵槍去打獵一定很好玩。」小六又說。

「不過，很無聊吧？那麼冷清。總不可能從早到晚都在睡覺。」阿米也說。

「如果不找個三餐比較有營養的地方住，對身體還是不好吧？」小六又說。

那晚宗助鑽進被窩，思忖明天一定要鼓起勇氣去坂井家，不動聲色地打聽安井的消息，如果他還在東京，並且經常往返坂井家，那自己就趕緊搬到遠處去住。

翌日的太陽依舊平凡無奇地照耀宗助的腦袋，尋常無事地沉落西方。入夜後，他撂下一句，「我去坂井家一下」就出門了。走上沒有月光的坡道，踩著瓦斯燈照亮的碎石子路打開小門時，他已放心大膽地認定今晚應該不可能發生與安井碰個正著的意外了。但他還是特地繞到廚房門口，不忘先探聽一下是否有客人。

「你來得好。天氣還是一樣冷啊。」一如往常，精力充沛的坂井如此寒暄。定睛一看，坂井讓一大群孩子排在自己面前，正和其中一個孩子吆喝著划拳。那個小女孩看起來似乎只有六歲，寬大的紅色緞帶像蝴蝶一樣壓在小腦袋上，一副不甘示弱的氣勢，握緊小拳頭猛然伸出。她那種堅決的神情，以及拳頭的小巧，正好和坂井巨大的拳頭成對比，逗得大家捧腹大笑。在火盆旁觀戰的坂井太太說，

「這次是雪子贏了。」說完愉快地露出美麗的貝齒。在孩子的膝蓋旁，有許多或白或紅或藍的玻璃珠。

「終於輸給雪子了。」坂井離席扭頭對宗助說，「怎麼樣，還是躲回我的巢穴去吧？」說著站起來。

書房的柱子上，照例掛著那把裝在錦袋中的蒙古刀。花瓶裡插著不知是從哪摘來的黃色油菜花。宗助看到掛在柱子中央的華麗錦袋，

「您還掛著這個啊。」他說。然後不動聲色地偷窺坂井的神色。

「是啊，蒙古刀太特別了嘛。」坂井回答。「不過我弟弟那小混蛋拿這種玩具來，是想籠絡他老哥，所以你說是不是很傷腦筋？」

「令弟後來怎麼樣了？」宗助表面上裝得若無其事。

「噢，他終於在四、五天前回去了。那小子的個性太適合蒙古了。我說像你這種夷狄和東京格格不入還是趕緊滾回去吧，結果他說他自己也這麼認為，然後就走了。不管怎麼看，那小子都應該待在萬里長城的另一頭。沒事還可以去戈壁大沙漠找找鑽石。」

「那他的另一個同伴呢？」

「你說安井啊？那個人當然也一起走了。變成那樣已經不可能再安穩待在這裡了吧。聽說他以前本來是京都大學的學生。真不知怎麼會有那麼大的變化。」

宗助的腋下冒汗。安井變成怎樣，是怎麼個不安穩，他完全不想打聽。他只覺得自己曾與安井就讀同一所大學的事迄今未在坂井面前洩露簡直是老天保佑。不過坂井曾經提過邀請弟弟與安井來吃晚餐時要把自己介紹給那二人。雖然自己沒出席，總算躲過了難堪的場面，但那晚坂井說不定在某種契機下對二人提到自己的名字。宗助深深感到，做過虧心事的人利用化名行走世間果然比較方便。面對坂井，他實在很想問：「你該不會在安井面前提過我的名字吧？」但是，那句話他說什麼都問不出口。

這時女傭用扁平的大盤子送上奇特的點心。那是在約有一塊豆腐那麼大的透明金玉糖[44]中鑲入二尾金魚，下刀切割成小塊後，再保持整塊的完整形狀移到盤子上。宗助乍看之下只覺得稀奇。但他滿腦子其實都在想別的事。這時坂井說，「來一塊吧！」照例自己先動手。

「這個啊，是我昨日受邀出席某人的銀婚紀念典禮時拿到的禮物，所以是很好的兆頭。你也拿一塊沾沾喜氣吧。」

坂井在沾喜氣的名義下，吃了好幾塊甜膩的金玉糖。此人是個既喝酒也喝茶，吃起飯菜和點心胃口都很好的健康男人。

「老實說，做了二、三十年夫妻，就算一起活到滿臉皺紋也沒啥好慶祝的，不過事情都是不比較不知道。我有一次經過清水谷公園前被嚇了一跳。」坂井把話題扯到奇怪的方向。如此這般不斷拋出話題讓聽眾不知厭倦，正是長袖善舞的房東先生向來的調調。

44 金玉糖，用洋菜熬煮後加入砂糖與香料製成。透明有清涼感，是夏日愛用的代表性點心。

根據他的說法，從清水谷通往弁慶橋那條水溝似的小河流中，每到初春便有無數青蛙誕生。那些青蛙你推我擠爭相鳴叫的生長過程中，會有成千上百對的情侶在水溝中誕生。而且這些沉醉在愛情中的生物密密麻麻擠滿清水谷至弁慶橋之間，頗為恩愛地悠游水中，路過的小孩和閒人拿石子扔他們，殘忍地殺死了青蛙夫婦，據說數量多不勝數。

「有句成語『屍橫遍野』就是指那種情形。而且雙雙對對都是夫婦實在很可憐。換言之只要沿著那裡走上兩三百公尺，我們不知會目睹多少齣悲劇。看到那個再反觀自己，我們實在很幸福。因為我們不用擔心結為夫妻後會遭人厭惡，被石子打破頭。而且雙方這樣過個二、三十年都很安全，的確是可喜可賀。所以起碼必須先吃一塊沾沾喜氣吧。」說著，坂井刻意用筷子夾起金玉糖，遞到宗助的面前。宗助只好苦笑著接下那塊糖。

這種半開玩笑的對話，坂井可以滔滔不絕說上很久，宗助只好捨命陪君子。但他心中絕不像坂井那麼悠哉。當他終於告辭出門，再次眺望沒有月亮的夜空時，在那深邃的黑幕下，他感到一種莫名的悲哀與淒涼。

他只是抱著或可逃過一劫的僥倖心態去坂井家。而且，為了達到那個目的，他強忍羞恥與不快，面對充滿善意與率真的坂井，有技巧地導引談話。而且就算這樣還是無法悉數得知他想打聽的消息。對於自己的弱點，他壓根沒有勇氣在坂井面前自白也不認為有自白的必要。

本來會籠罩頭頂的烏雲，似乎驚險躲過了。但是，他隱約已有預感，類似這樣的不安，今後將會一再以各種不同的程度反覆出現。讓它反覆出現的是天意。而逃離它只能靠宗助自己。

二十三

過了一個月後天氣已經沒那麼冷了。隨著官吏的加薪，必然引起種種流言的局員、課員裁減問題，到了月底也幾乎塵埃落定。期間宗助零零星星不斷聽說熟人或陌生人被解雇，他不時回家對阿米說，

「下次或許就輪到我了。」

阿米把那個當成開玩笑，也當成真心話，甚至偶爾也解釋為故意召喚未知將來的不祥預言。在說出這種話的宗助心中，也有和阿米一樣的烏雲來來去去。

進入新的月份，單位的人事變動據說也就此告一段落時，宗助回顧自己倖存下來的命運，似乎是理所當然。又好似純屬偶然。他站著俯視阿米，

「逃過一劫了。」他苦澀地說。那種無悲無喜的樣子，在阿米看來是莫名其妙的滑稽。

又過了兩三天，宗助的月薪升至五圓。

「就算沒有按照規則加薪二成五也只能認了。畢竟還有許多人被解雇，也有許多人根本沒有加薪。」宗助說，這五圓彷彿帶來遠甚於本身的價值，令他露出滿足的神色。阿米心裡當然也沒啥可抱怨的。

翌日晚間，宗助望著自己的餐盤上魚尾甚至伸出盤外的整條魚。他嗅聞染上紅豆顏色的紅豆飯香氣。阿米特地派阿清去請已搬至坂井家的小六。

「哎喲，今天吃大餐啊。」小六說著從廚房門口走進來。

又到了梅花星星點點映入眼簾的時節。早開的已經褪色凋零。開始下起濛濛煙

雨。雨停後被太陽一曬，地面和屋頂都冉冉冒出濕氣，重新喚起人們對春天的記憶。也有些日子，晾在屋子後面的雨傘被小狗撲過去嬉戲，傘面的圓點色彩閃閃發亮，彷彿陽炎氤氳令人感到歲月悠長靜好。

「冬天好像終於過去了。老公你這個星期六去舅媽家，趕緊把小六的事情談妥吧。如果拖太久，安先生又要忘記了。」阿米催促道。宗助回答：

「嗯，那我就鼓起勇氣去一趟。」

小六在坂井的好意安排下，成為坂井家包吃包住的助手。其他的金額若是能由宗助與安之助分攤就好了——這麼告訴小六的，是宗助自己。小六不等兄長出面奔走，立刻直接去找安之助談判。最後，也自己搞定了安之助，他說如果形式上由宗助出面委託，安之助將會立刻答應。

小康生活就這樣落到這對安靜避世的夫妻身上。某個星期天中午，宗助去橫街的澡堂清洗身上累積到第四天的汙垢，一個年約五十剃光頭的男人，正與三十幾歲看似商人的男人寒暄冷暖，談論著春天總算到了。年輕的那個男人說，「今早第一次聽到黃鶯叫」，另一個光頭則說，「兩三天前我也聽到過一次」。

「才剛開始叫，所以叫得不好聽。」

「是啊，舌頭還不夠靈活。」

宗助回到家把這段黃鶯對話講給阿米聽。阿米看著映在拉門玻璃上的綺麗日影，

「真是太好了。春天總算到了。」她說著，快活地展眉一笑。宗助坐在簷廊剪指甲，

「嗯，不過冬天很快又會來臨。」他回答，一逕低頭，動著剪刀。

門
もん

作　　者　夏目漱石
譯　　者　劉子倩
主　　輯　呂佳昀

總 編 輯　李映慧
執 行 長　陳旭華（steve@bookrep.com.tw）

社　　長　郭重興
發行人兼出版總監　曾大福
出　　版　大牌出版 / 遠足文化事業股份有限公司
發　　行　遠足文化事業股份有限公司
地　　址　23141 新北市新店區民權路108-2號9樓
電　　話　+886-2-2218-1417
傳　　真　+886-2-8667-1851

印務經理　黃禮賢
封面設計　莊謹銘
排　　版　新鑫電腦排版工作室
印　　刷　成陽印刷股份有限公司
法律顧問　華洋法律事務所 蘇文生律師

定　　價　380 元
初　　版　2016年8月
三　　版　2021年6月

國家圖書館出版品預行編目資料

門/ 夏目漱石 著; 劉子倩 譯. – 三版. -- 新北市
大牌出版 : 遠足文化事業股份有限公司, 2021.06
面；　公分

ISBN 978-986-5511-78-4 (平裝)

861.57　　110003701